걸어갑니다, 세계 속으로

걸어갑니다, 세계 속으로

초판 발행 2023년 5월 18일

지은이 김가람 / **펴낸이** 김태헌
총괄 임규근 / **책임편집** 고현진 / **편집** 박지영 / **교정교열** 박성숙
디자인 ziwan / **사진 출처** KBS <걸어서 세계 속으로>, <환경스페셜>
영업 문윤식, 조유미 / **마케팅** 신우섭, 손희정, 김지선, 박수미, 이해원 / **제작** 박성우, 김정우

펴낸곳 한빛라이프 / **주소** 서울시 서대문구 연희로 2길 62 한빛빌딩
전화 02-336-7129 / **팩스** 02-325-6300
등록 2013년 11월 14일 제25100-2017-000059호 / **ISBN** 979-11-90846-12-7 03810

한빛라이프는 한빛미디어(주)의 실용 브랜드로 우리의 일상을 환히 비추는 책을 펴냅니다.

이 책에 대한 의견이나 오탈자 및 잘못된 내용에 대한 수정 정보는 한빛미디어(주)의 홈페이지나 아래 이메일로
알려 주십시오. 잘못된 책은 구입하신 서점에서 교환해 드립니다. 책값은 뒤표지에 표시되어 있습니다.
한빛미디어 홈페이지 www.hanbit.co.kr / **이메일** ask_life@hanbit.co.kr
한빛라이프 페이스북 facebook.com/goodtipstoknow / **포스트** post.naver.com/hanbitstory

지금 하지 않으면 할 수 없는 일이 있습니다.
책으로 펴내고 싶은 아이디어나 원고를 메일(writer@hanbit.co.kr)로 보내 주세요.
한빛라이프는 여러분의 소중한 경험과 지식을 기다리고 있습니다.

김가람 지음

걸어갑니다, 세계 속으로

여행 PD의 출장이 여행이 되는 순간

IB 한빛라이프

〈걸어서 세계 속으로〉 PD의

일상 업무 전격 공개

암벽 등반으로 시작하는

오전 근무,

야무지게 분량을 챙겨서 하산한다.

패러글라이딩 전,

들고 탈 카메라 3대 점검 중.

무서울 틈이 없다.

한 번에 다 찍고 퇴근하려면 집중해야 한다.

집중 또 집중!

걸·세 PD의 흔한 침대맡 풍경.

촬영도 혼자,
충전도 혼자,
데이터 백업도 혼자.
나의 친구는 전자파뿐.

푹 충전하시고 내일도 잘 부탁드립니다.

그래도 출장이 즐거운 건,

여의도 직장인이 평소에 안 할 짓들을 잔뜩 할 수 있어서다.

생수 대신 빙하가 녹은 물로 목을 축였던 아르헨티나 파타고니아,

구내 식당 대신 인도 황금 사원의 세계 최대 무료 급식소까지.

'시청자들은 시원한 그림을 좋아하니까.'
시청률을 핑계로 올라간 브라질의 사막에서 깨달았다.
'나, 자연 좋아하네.'

하지만
결국

일로 만난 장소를 다시 찾게 하는 건,

언제나 사람들.

월화수목금금금의 출장을

여행으로 만들어준 만남들을 꺼내보려 한다.

세계 속에서
만난 사람들

"여행하면서 돈도 벌고 너무 좋겠다."

"그거 PD가 휴가 가서 대충 찍어오는 거 아니야?"

엄마든 친구든 예외는 없었다. 〈걸어서 세계 속으로〉를 만든다고 하면 다들 같은 반응이었다.

솔직히 고백하면 나도 그런 줄 알았다. 팀에 배정받은 첫날, 마지못해 온 척 "〈추적 60분〉 보내달라고 국장님 찾아갔는데 여기로 왔네요" 했지만 새어나오는 웃음을 감추기 힘들었다. 이미 '내돈내산'으로 30개국을 여행한 나는 더 이상 출국을 위해 휴가를 영혼까지 끌어 모으지 않아도 된다는 사실이 꿈만 같았다. 바로 '우리나라에서 제일 먼 나라'를 검색했다. 그렇게 떠난 아르헨티나에서 매일 뜬눈으로 밤을 새웠다. 못 살린 신과 못 찍은 컷을 곱씹던 새벽 3시, 스스로에게 물었다. 내가 좋아한 건 여행이 아니라 휴가였던 게 아닐까?

〈걸어서 세계 속으로〉 PD에게 여행은 철저히 일이다. 여행지 선정, 일정 계획, 섭외, 촬영은 물론이고 편집과 대본도 PD의 몫이다. 절경이고 뭐고 아이스 아메리카노나 한잔 마시면 소원이 없겠다고 자주 생각한다. 밤새 축제를 찍으며 야근을 하다 출연자가 건넨 술에 취해도 영수증은 꼭 챙겨야 한다. 2주 동안 쉬는 날 없이 체험, 출연, 연출, 촬영을 하고 제발 이 나라를 뜨고 싶다 할 때가 되어야 귀국이다.

여행을 즐길 여유 같은 건 없다. 빙하 투어를 가서도 빙벽이 무너질 만한 각도를 찾아 카메라를 놓고 기다리면서 관광객들이 감탄하는 표정도 찍고, 누가 인터뷰를 해주려나 관상도 살피다가 빙하 사이로 카약의 노를 한 손으로 저으며 생동감 있는 장면도 찍어야 한다. 그러니 편집을 하면서 '내가 이걸 봤다고?' 하며 놀랄 수밖에. 시청자 게시판에는 PD를 따라가고 싶다는 글이 꾸준히 올라오는데 정말 큰일 날 소리다.

그럼에도 불구하고,

〈걸어서 세계 속으로〉 시청자들이 그런 뒷이야기를 몰랐으면 했다. 재미있게 보라고 만든 프로그램에 고생의 쓴맛을 뿌리고 싶진 않았다.

새벽 헬스장 재방이든, 토요일 오전 본방이든 TV를 보는 사람이 '와, 저기 한번 가보고 싶네' 하는 생각이 들었다면 그걸로 PD의 역할은 끝나는 것이다. 들어본 적도 없는 나라, 테러나 재해가 아니면 TV에 통 나오지 않는 곳의 일상을 보고 '사람 사는 거 다 똑같네' 하며 빙긋 웃게 만드는 것이 나의 업무니까. 다행히 그 담백한 여행을 사랑해주신 덕분에 지난 17년 동안 1300개 도시의 나날이 기록될 수 있었다.

그러니 이 책은 고생한 걸 알아달라고 쓴 게 아니다. 부지런히 '세계 속으로' 가느라 담지 못한 '걸어서' 만난 사람들의 이야기를 들려드리고 싶었다. 매끄러운 50분짜리 프로그램을 위해 잘라내야 했던 만남들을 모아 이 책을 썼다.

〈걸어서 세계 속으로〉는 3분 남짓한 이야기 15개가 모여 한 편의 프로그램이 된다. PD의 생각이 궁금해서 보는 프로그램이 아니란 걸 알기에 이야기들 사이의 TMI는 삭제된다. 보통 뒷모습만 나오는 PD는 시청자의 아바타가 되어 언덕의 전망대를 오르고, 힘들다 소리 한번 없이 번지점프를 하러 간다.

이 책엔 장면과 장면 사이 웃고 울었던 여행자의 표정을 담았다. 화면 밖의 시간을 걸으며 휘청댈 때 내 손을 잡아준 이들의 이름을 적었다. 꼬깃꼬깃 접은 지폐를 건넸다가 "이런 건 됐으니 다음에 카메라 두고 놀러 와요"라는 말에 눈물을 쏟은 순간들을 기록했다. 어느새 '여행'이 되어버린 기묘한 출장과 13년 차 K-직장인의 '내돈내산' 휴가들이 모여 한 권의 책이 됐다. 〈걸어서 세계 속으로〉 PD는 참 좋겠다고 생각했던 분들, 여행도 일이 되면 질리지 않을까 궁금했던 분들에게 볼 만한 쿠키 영상이 되었으면 하는 바람이다.

하필 유품으로 새 수트 케이스를 남겨 딸을 이렇게 돌아다니게 한 아빠와 토요일 아침 반쯤 누워 〈걸어서 세계 속으로〉를 보는 분들을 생각하며 썼다. 그 사랑을 메고 걸으면 낯선 길도 두렵지 않았다.

다시 떠나기 좋은 날,
김가람 드림

1장 카메라 너머의 세계

여행을 떠날 때는 맥시멀리스트에 가깝다.
아무래도 나가면 한국만큼 질 좋은 옷이나 장비를 구하기 힘들고,
한 번 쓰고 말 물건을 사는 것을 좋아하지 않기 때문이다.
없어서 아쉽기보다는 남에게 빌려주자는 생각으로
집에서 편하게 쓰던 드라이어, 지퍼 백까지 꼭 챙기는 편.

노란 비옷

남아프리카 희망봉에서 순천 갯벌까지, 8년째 출장마다 함께하는 비옷. 퇴직할 때까지 하나의 비옷만 입겠다는 각오로 아웃도어 브랜드를 돌며 심사숙고해 골랐다. 핸디 캠이 하나씩 들어갈 만큼 넉넉한 주머니가 있고, 바람이 많이 부는 날 점퍼 대신 입기에도 좋다. 화사한 노란색이라 사진을 찍으면 고생 중이라도 노는 것처럼 나오는 효과도 있다. 일회용 비옷을 사지 않아도 되는 뿌듯함은 덤.

공사 영수증

오지로 촬영을 다니다 보면 신용카드는 고사하고 "영수증? 그게 뭔데?" 하는 곳들이 있다. 길거리 음식으로 점심을 때울 때, 슬럼가에 들어가기 위해 '통행료'를 주머니에 찔러줘야 할 때, 소중한 제작비의 정당한 사용을 증빙하기 위해 꼭 필요한 아이템이다. 서른 장쯤 인쇄해서 펜과 함께 백팩에 넣어 다닌다.

디즈니 지퍼 백

"PD는 영수증만 잘 모으면 된다"라는 오래된 격언이 있다. 현금 다발을 두둑이 넣은 지갑이 점점 얇아지고 영수증을 넣은 지퍼 백이 불룩해지는 걸 보면, '아, 이제 집에 갈 때가 되었구나' 하는 생각이 든다. 영수증을 오래 접어두면 글씨가 지워지기도 해서 긴 영수증도 쫙 펼쳐 넣을 수 있는 긴 지퍼 백을 샀다. 힘든 일일수록 귀엽고 예쁜 게 필요하니 디즈니 캐릭터가 딱이다.

등산용 헤드라이트

외진 곳으로 촬영을 가면 정전이 잦다. 숙소 불이 꺼지면 당황하지 않고 헤드라이트를 쓴 채 할 일을 마저 한다.

고프로 카메라와 체스트 밴드

캠코더가 고장 날 때를 대비해 소형 액션 캠인 고프로 카메라를 항상 가지고 다닌다. 체스트 밴드는 고프로 카메라를 가슴에 고정하는 장치로, 노를 젓거나 암벽을 오를 때처럼 촬영에 쓸 손이 없을 때 유용하다.

선글라스

드론을 날릴 때, 햇빛을 반사하는 빙하 위를 걸을 때, 바람 부는 모래사막에 엎드려 촬영할 때 선글라스는 필수다. 촬영이 생각대로 풀리지 않을 때 슬픈 눈을 가리는 데도 선글라스만 한 게 없다. 〈걸어서 세계 속으로〉를 처음 맡았을 때 산 선글라스를 7년째 쓰고 있다. PD에게 선글라스는 방진 마스크 같은 장비라 오래 써도 코가 아프지 않은 가벼운 걸로 골랐다.

자개 명함집

인터뷰에 응해준 사람들, 출연료를 고사한 전문가들에게 주는 기념품. 자개의 오묘한 빛을 신기해하는 외국인이 많고, 한국 전통 수공예품이라고 말할 때 뿌듯하면서 부피도 작아 선물로 제격이다. 출장 선물계의 스테디셀러로 KBS 구내 매점에서도 팔지만 출장비 절감을 위해 남대문 시장에서 산다.

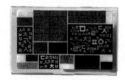

외장하드와 USB, 온갖 충전기와 멀티탭

PD는 영수증 말고 촬영본도 잘 모아야 한다. 숙소에 들어가면 무조건 장비 충전과 촬영본 백업부터 한다. 또 인터넷 속도는 한국만 한 곳이 없기 때문에 현장에서 제보 영상을 받을 때는 USB가 요긴하다.

앞코가 막힌 검은색 젤리슈즈

약간의 격식이 필요한 인터뷰 자리, 오페라 극장, 여름의 해변, 공항까지 이 신발 하나면 다 된다. 물로 씻고 휴지로 닦으면 바로 말라서 가방에 넣어버릴 수 있는 것도 장점.

스카프, 기모 레깅스, 경량 패딩

아르헨티나처럼 한 나라 안에 여름과 겨울이 다 있는 경우 짐의 부피를 확 줄여주는 고마운 아이템들. 반팔 티셔츠에 여름 스커트를 입어도 이 3가지만 더하면 초겨울 날씨는 거뜬히 버틸 수 있다.

빨래 가방

신혼여행 때 피지 힐튼 호텔에서 가져온 일회용 빨래 가방. 험난한 하루를 끝내고 양말을 넣으면서 잠시 아름다운 추억을 떠올려본다.

헤어캡과 머리끈

숙소의 일회용품은 웬만하면 뜯지 않으려 한다. 한 번 쓰고 버리게 만든 물건일수록 내 마음에 쏙 드는 걸로 사서 오래 쓰는 게 환경에도 나에게도 좋다.

1장   **카메라
너머의 세계**

운 나쁜 당신을
환영합니다

"여보세요, 발데스 반도에서 시내로 들어가는 길인데 기름이 떨어져 차가 멈췄어요."

차를 빌리면서 완전 면책 보험을 든 나는 당연하게도 비상 출동을 요청했다.

"히치하이킹을 하는 게 어때요? 지금 출동 신청해도 3시간 정도 걸려요."

"네???"

보험사가 히치하이킹을 권유하면서 왜 이렇게 당당하지? "우린 너무 느리니까"라는 직원의 실토에 전의를 상실했다. 〈걸어서 세계 속으로〉를 맡자마자 별걸 다 해보는구나. 서울에서는 정류장을 지나치는 버스를 세울 용기도 없는 나는 코디네이터와 거의 벌거벗은 기분으로 도로에 서서 엄지를 올렸다. 그런데 민망할 겨를도 없이 바로 차 한 대가 우리 앞에 멈춰섰다. 내 또래로 보이는 커플은 우리를 태우고 주유소에 가서 기름을 한 통 산 다음 우리 차가 멈춰 선 곳으로 다시 데려다주었다. 고마움과 미안함에 사례를 하고 싶다고 하자 그들은 환하게 웃어 보였다.

"다음에 누가 히치하이킹하고 있거든 태워주세요. 여행 재밌게 잘하고요!"

아르헨티나에서의 2주는 매일 불운했고, 그만큼 매일이 행운이었다. 바보 같은 실수를 반복했지만 바보 같은 착한 사람들이 나타나 깨진 독을 테이프로 붙여주었다. 그때부터였다. 여행을 하다 나쁜 일이 하나 생기면 그만큼의 좋은 일이 하나 생길 거라 믿기 시작했다.

〈걸어서 세계 속으로〉를 맡게 된 것은 갑작스러운 일이었다. 인사철마다 2지망에 〈걸어서 세계 속으로〉를 적곤 했지만 기대는 하지 않았다. 특집 프로그램을 마치고 뒤늦은 휴가를 다녀온 가을, 소속 없이 붕 떠 있던 내게 〈걸어서 세계 속으로〉 팀에서 연락이 왔다. 내 나이 스물아홉 살, 겨우 입사 5년 차였다. 〈걸어서 세계 속으로〉는 퇴사가 5년쯤 남아야 할 수 있는 프로그램인 줄 알았는데, 이게 웬 횡재야?

〈걸어서 세계 속으로〉는 회사에서도 인기 프로그램이다. 3대가 덕을 쌓아야 간다는 말도 있다. 이리저리 일꾼으로 쓰기 좋은 5년 차를 오래 둘 리 없었다. 새로운 프로그램으로 보내지기 전에 잠시 들르는 환승역 정도겠지. 높은 확률로 첫 편이 마지막 편이 될 터였다. 어차피 마지막일 텐데 휴가로도, 출장으로도 굳이 갈 일이 없을 만큼 아주 먼 곳으로 가버릴까? 검색창에 '한국에서 가장 먼 나라'를 입력하니 '아르헨티나'라는 글자가 보였다. 나는 지식in의 답변에 별다른 의심 없이 부에노스아이레스행 티켓을 샀다. 그렇게 13박 19일의 출장이 시작되었다.

인천공항 게이트에서 탑승을 기다리고 있는데 페이스북 알람이 떴다. 도착한 첫날 촬영하기로 되어 있던 가우초 축제가 물 부족으로 취소되었다는 메시지였다. 2박 3일의 촬영 일정과 5분 남짓의 방송 분량도 사라져버린 거다. 운 좋게 넓은 비상구 좌석에 앉았지만 전에 없던 편두통이 몰려와 푹 잘 수도 없었다.

그러거나 말거나 93만 원짜리 항공권은 공놀이를 하듯 인천에서 도쿄, 도쿄에서 댈러스, 댈러스에서 부에노스아이레스로 나를 던져놓았다. 30시간 넘게 걸려 도착한 부에노스아이레스엔 나를 닮은 사람이 하나도 없었다. 세 번의 필터를 거쳐 한국에서 가장 먼 곳까지 오자 비로소 '외국인'이 된 느낌이 들었다. 아르헨티나 여권도, 일행도 없는 나는 밀수업자로 오해받기 딱 좋았다. 딱히 촬영할 것 같은 행색도 아니고, 혼자 입국하면서 너무 많은 장비를 이고 지고 있으니 이상해 보일 만도 했다. 가방을 뒤집어 배터리, 삼각대, 충전기까지 가져온 촬영 장비의 가격을 전부 적어내고 손에 끼고 있던 5만 원짜리 은반지까지 다 빼서 보여준 다음에야 입국 도장을 받을 수 있었다.

짐을 찾고는 터덜터덜 화장실로 가 거울에 비친 몰골을 보니 헛웃음이 나왔다. 어떻게 이게 출장을 시작하는 얼굴이야, 다 끝난 얼굴이지. 한 컷도 찍지 못했는데 집에 가고 싶었다. 대충 세수를 하고 다시 공항 바닥에 앉아 9시간을 대기하다가 진짜 마지막 비행기를 탔다. 한국을 떠난 지 47시간, 드디어 나는 푸에르토 마드린 공항을 나설 수 있었다.

선배들은 말씀하셨다.

"오전에 하나, 오후에 하나. 하루에 딱 2개만 살리면 된다."

하루에 2개씩 2주를 꼬박 찍으면 28개. 보통 〈걸어서 세계 속으로〉 한 편이 12개에서 15개의 작은 아이템들로 구성되는 걸 고려하면, 2주 동안 하루에 하나의 아이템만 잘 살려도 분량에는 문제가 없다. 하지만 날씨가 나쁠 수도 있고, 막상 갔더니 기대한 것보다 별로일 수도 있고, 출연자가 나타나지 않을 수도 있다. 한국이라면 재빨리 대체할 만한 아이템을 섭외하거나 다음에 다시 가도 되지만, 해외에서는 그런 게 통하지 않는다. 그래서 나 역시 선배들의 조언에 따라 '반타작'을 목표로 하루에 2개씩을 따박따박 찍을 생각이었다. 물론 여기에 일출, 일몰, 풍경 촬영은 별도다.

하지만 현실은 반타작도 쉽지 않았다. 파타고니아에 있는 2주 동안 비가 오지 않은 날이 거의 없었다. 지독한 가뭄 때문에 물이 없어서 축제가 취소되었다더니, 내가 행운의 비를 몰고 간 건지 통 해를 볼 수가 없었다. 시간당 풍속 40킬로미터가 넘는 강풍에 숙소 앞 나무가 뽑히고, 돌멩이가 날아들어 차창에 금이 갔다. 해변은 잔뜩 어질러지고 비 내린 바다는 흙탕물이 됐다. 사람과 펭귄이 함께 걷고 있는 사진을 보고 찾아간 생태 보호 구역은 을씨년스럽기 그지없었다. 입장권을 사면서 지폐를 꼭 쥐지 않으면 돈이 날아가 버릴 만큼 바람이 거셌다. 이런 날 펭귄을 보러 온 사람이 있을 리가. 벚꽃 명소든 단풍 축제든 구경 오는 사람이 없으면 업계 말로 '그림'이 되지 않는 법이다. "펭귄이 너무 귀여워요"라는 인터뷰 한마디, 펭귄을 보고 좋아하는 얼굴 한 컷 찍기가 너무 어려웠다. 이 미친 바람에 5킬로그램 남짓하는 펭귄들이 날아가지 않는 게 신기할 정도였다. 외딴 바닷가에는 펭귄들의 울음소리만 가득했고 그 틈에

▲ 거센 바람에 날아가지 않는 게 신기한 펭귄
▼ 출장 내내 대체로 이런 날씨였다

서 나도 소리 내어 울고 싶었다.

　파타고니아에서 보낸 첫 일주일은 새벽 2시 전에 잠든 적이 없었다. 촬영한 걸 돌려보면 쓸 만한 게 하나도 없어 그냥 완전히 망했다는 생각에 잠이 오지 않았다. 사실 나는 아르헨티나와 해보고 싶은 게 참 많았다. 대학생이 돼서 처음 만났던 남자친구처럼, 처음 내 이름을 자막에 올린 프로그램처럼 아르헨티나는 나에게 첫사랑이었다. 아르헨티나에 가기로 마음먹자마자 우리나라보다 27배 넓은 아르헨티나 지도를 펼쳐놓고 구글에 도시 이름을 하나하나 넣어가며 사진을 검색했다. 일정의 절반을 파타고니아에서 비교적 덜 알려진 푸에르토 마드린이라는 도시에 머문 것도 그 때문이었다. 스페인어를 배워 직접 섭외 이메일을 보냈고, 페이스북으로 각 도시의 행사와 액티비티들을 샅샅이 뒤졌다. 어떤 가이드북에도, 여행 사이트에도 없는 걸 찍어보겠다고 정말 검색을 이 잡듯이 했다. 매일 메신저로 여행 계획을 공유하는 나를 현지 코디네이터는 반쯤 신기한 듯, 반쯤 한심한 듯 대했다.

　"촬영하고 싶은 박물관, 레스토랑, 지역 행사 목록 이메일로 보내드렸어요. 전화로 섭외해주시고, 공문이 필요하면 제가 보낼 테니 말씀해주세요."

　"공문이요? 그냥 가서 얘기하면 되지 뭘. 이메일 같은 거 보내면 괜히 골치 아파져요."

"그래도 관계자 인터뷰도 따고 내부 촬영도 해야 하는데…."

"대충 얘기하면 다 해줘요. 괜히 허가받으려 하면 얼마나 걸릴지 모르니까 그냥 오세요."

초조한 한국인이 서울에서 할 수 있는 일은 많지 않았다. 기대가 컸던 만큼 시커멓게 타버린 속으로 도착한 아르헨티나. 하지만 나의 동행은 느긋하고 자신만만했다.

"음, 가고 싶다고 한 티 하우스 주소가 뭐였죠?"

코디네이터는 내비게이션을 켜며 물었다. 꼭 가야 하는 전통 찻집이라고 신신당부한 장소인데, 연락은커녕 이름도 모르고 있으니 속이 부글부글 끓었다. 영국의 다이애나 비가 다녀간 아주 유명한 곳인 데다 규모도 꽤 커서 촬영 협조가 꼭 필요한 곳이었다.

아무리 리얼리티 프로그램이라도, 이 가게 저 가게 다니면서 쇼핑하는 장면을 촬영하려면 가게에 협조를 구한 후 동선을 짜놓고 카메라를 미리 설치해둬야 하는 게 업계의 룰이다. 하지만 내가 틀렸다.

"올라, 세뇨리타! 저희는 한국에서 왔는데, 여기서 2만 킬로미터 떨어진 곳이에요. 여행 프로그램을 만들고 있는데 여기 촬영해도 괜찮죠? 인터뷰도 좀 해주실래요?"

직원은 살가운 표정의 그와 잠깐 얘기를 나누더니 지배인을 데리고 나왔다. 다이애나 비가 왔을 때도 직접 차를 대접했다는 백발의 지배인은 미리 약속한 듯 가게 내부를 안내해주었고, 파타고니아에 이주해온 웨일스인들의 전통 문화에 대해서도 한참 이야기해주었다.

인터뷰가 끝나자 전통 복장을 한 직원이 나타나 웨일스식 티 테이블을 한 상 가득 차렸다. 내가 이 각도 저 각도에서 촬영을 반복할 동안 직원은 주전자를 내려놓는 동작과 "이것은 웨일스식 티타임입니다"라는 대사를 반복해주었다. 촬영이 끝나자 지배인은 선물로 쿠키와 파이를 가득 챙겨주었다. 코디네이터는 의기양양했고 나는 민망해졌다. 코디네이터가 알고 보니 대통령의 먼 친척이 아닐까?

파타고니아에서 성공률은 100퍼센트였다. 어느 방송국인지, 누구와 연락했는지, 공문은 보냈는지 묻는 사람은 없었다. 볼 키스를 하며 이름은 물어도 명함을 달라는 사람은 없었다. 시립 박물관의 큐레이터, 생태 보호 구역의 관리인, 폴로 경기에 참석한 시장님까지 섭외하지 않은 사람들이 기꺼이 문을 열어주고 카메라 앞에 섰다. 시장님은 주말에 시청 뒷마당으로 우리를 초대하기까지 했다. "한 가족이 나를 식사에 초대했다"라는 말은 100퍼센트 연출인 줄 알았는데 그게 아니었다. 양한 마리를 잡고 친구들까지 불러 성대하게 파티를 열어준 시

▲ 직접 즐겨본 웨일스식 티타임
▼ 어쩌다 하게 된 현지 방송사와의 인터뷰

장님은 내가 자신의 첫 한국인 친구라며 감격해했다. 손바닥만 한 카메라를 든 내 행색을 봤을 때 그들도 대단한 프로그램에 출연하는 걸 기대하진 않았을 텐데도.

한여름 파타고니아의 하늘은 잔뜩 흐렸고, 행사는 줄줄이 취소됐다. 고래가 공중제비를 도는 사진을 보고 예약한 크루즈 투어에서는 물에 반쯤 잠긴 고래의 등만 잠깐 볼 수 있었다. 하지만 계획한 것이 흐트러질 때마다 바라지 않았던 것이 공짜로 나타나 등을 토닥여주었다. 광장을 꽉 채울 거란 기대와 달리 겨우 20명이 온 '탱고의 날' 모임에서는 누구나 내 손을 이끌고 탱고를 가르쳐주려 했다. 비바람 때문에 승마 투어가 취소된 날은 택시 기사 에두아르도 아저씨가 낙담한 나를 데리고 마을 이곳저곳을 구경시켜줬다. 목장에서, 아이스크림 가게에서 만난 아저씨의 친구들은 나의 서툰 스페인어에 귀를 기울이며 뭔가 촬영할 거리가 있을까 이리저리 전화를 돌려줬다. 파타고니아를 떠나던 날, 고마움에 건넨 100달러를 한사코 사양하던 에두아르도 아저씨는 내가 탄 버스가 보이지 않을 때까지 손을 흔들어주었다.

참고 참았던 눈물이 터져버린 건 촬영이 망해서가 아니었다. 이런 나도 누군가에겐 정말 '반가운' 존재였다는 걸 느껴서였다. 파타고니아에 새 계절이 올 때마다 사진을 보내주는 에

두아르도 아저씨는 늘 "나의 친구, 파타고니아에 와줘서 고마워"라는 말로 편지를 시작한다.

처음 며칠은 잠을 뒤척이며 후회도 참 많이 했다. 잘 아는 나라에 갈걸, 유명한 볼거리가 있는 나라에 갈걸, 가깝고 작은 나라에 갈걸. 하지만 겁도 없이 2만 킬로미터를 떠나온 나를 파타고니아 사람들은 참 따뜻하게 맞아주었다. 후회하지 말라고, 잘 왔다고, 온 것만으로도 기특하다고.

아르헨티나 여행은 가장 〈걸어서 세계 속으로〉다운 여행이었다. 섭외된 건 하나도 없었다. 현지인의 초대, 전통 음식, 축제, 체험까지 모두가 우연히 다가온 행운이었다. 아주 먼 곳에서 낯선 도시를 탐험하고, 어쩌다 마주친 사람들과 마테차를 나누며 말 그대로 '걸어서' 파타고니아를 떠돌았다. 2주간의 생고생은 나에게 어떤 교훈도 남기지 못했다. 모르고 저지른 첫사랑이 꽤 좋았기 때문일까? 아르헨티나에서 돌아온 나는 남아프리카로, 인도로, 브라질로 더욱더 낯선 곳들을 찾아 떠났다. 나는 여전히 청개구리처럼 지도 위의 낯선 이름들에 마음이 설렌다.

발자국은
노래가 되어

2018년 여름, 〈걸어서 세계 속으로〉 촬영을 위해 라트비아를 찾았다. 그리고 2개월 뒤 라트비아 남자와 결혼했다.

"혹시 〈걸어서 세계 속으로〉 찍으러 갔다가 남편을 만난 건가요?"

운명 같은 로맨스를 상상했던 분들에게는 미안하지만 그럴 리가요. 라트비아에서 남편을 만난 게 아니라, 라트비아 출신 남편을 만났기 때문에 생각지도 않았던 라트비아로 〈걸어서 세계 속으로〉 촬영을 가게 됐다. 2018년은 라트비아에 100년에 한 번 오는 아주 중요한 해였다. '라트비아'라는 이름으로 건국한 지 꼭 100년을 맞은 것이다. 또 5년에 한 번씩 온 국민이 참

여하는 노래 축제, 즉 여름 합창제가 열리는 해이기도 했다.

거기에 6월 말에는 민족의 대명절인 '하지' 축제가 있다. 백야의 지지 않는 해, 멈추지 않는 노래와 춤, 거리를 가득 채울 꽃과 음식들로 여름내 온 나라가 들썩일 터였다. 분량 천국의 냄새가 났다. 아마도 100년에 한 번 올 결혼 준비를 제쳐두고 나는 라트비아의 100번째 여름을 기록하기 위해 떠났다.

'서늘한 밝음.'

초여름 늦저녁 라트비아의 수도 리가의 첫인상은 그랬다. 비행기에서 내린 때는 오후 8시, 리가의 새파란 밤에는 옅은 분홍빛조차 스며들지 않았다. 혹독한 겨울을 보상하듯 대지에는 하루 18시간 햇빛이 쏟아지고 있었다. 위도가 높은 리가는 길고 어두운 겨울과 짧고 눈부신 여름이 순식간에 교차되는데, 햇빛이 귀한 이 나라에서 백야의 여름밤을 눈감고 보내는 건 심각한 시간 낭비로 여겨지곤 한다. 특히나 하지 밤에는 잠시라도 눈을 붙이면 1년 내내 졸린다는 속설이 있어 사람들은 밤새 모닥불을 피우고 노래하며 해가 뜨기를 기다린다.

따뜻한 햇볕을 좋아해 북반구와 남반구를 오가며 여름을 좇는 나지만, 서늘하게 우아한 발트해의 여름은 무척 새로웠다. 초봄부터 거리를 데우던 인도 델리의 후텁지근한 바람, 그늘 하나 없이 머리를 지끈지끈하게 하던 남아프리카 공화국 테이

▲ 노래 축제 기간 중 리가의 거리
▼ 하지 축제의 밤, 백야의 시간

블마운틴의 뜨거운 태양도 겪었지만 리가의 잠 못 드는 여름은 낮과 밤, 꿈과 현실이 뒤섞여버리는 묘한 경험이었다. 응당 어두워야 할 시간에 해가 휘영청 밝고, 꿈을 꾸고 있어야 할 시간에 모두가 뭔가를 함께하며 꼬박 지새우는 밤들. 그중에서도 가장 밝고 긴 밤은 단연 5만 명이 함께 노래하는 '라트비아 노래 축제'의 밤이었다.

라트비아인들에게 '노래'는 우리의 '만세'와 같다. 1989년 라트비아인들은 소비에트 연방으로부터 독립하기 위해 노래를 불렀다. 50년간 소비에트 연방에 합병되어 있던 발트해의 세 나라 라트비아, 리투아니아, 에스토니아의 국민들은 서로의 손을 잡고 600킬로미터의 인간 띠를 만들어 자유를 노래했다. 그렇게 작은 발자국들이 모여 만든 인간 띠는 '발트의 길*'이라 불리며 독립을 향한 평화롭지만 단단한 외침이 되었다. 세 나라의 수도에 가면 '발트의 길'을 기념하는 똑같은 모양의 발바닥

---

* 1989년 8월 23일 라트비아, 리투아니아, 에스토니아의 100만 명이 넘는 시민이 몰로토프-리벤트로프 조약(Molotov-Ribbentrop pact)의 비밀 조항을 시인하고 발트해 연안 국가들의 독립을 재정립하라고 요구하며 600킬로미터가 넘는 인간 띠를 만들었다. 소비에트 연방의 발트 점령 종식을 바라는 시민들은 에스토니아의 탈린에서 라트비아의 리가, 리투아니아의 빌뉴스로 이어지는 거대한 인간 띠를 만들어 저항했으며, 2년 후인 1991년 세 나라는 독립을 이뤄냈다. 이 시위는 냉전 시대 대표적인 비폭력 저항의 상징으로, '유네스코 세계기록유산'에 등재되었다.

이 거리에 새겨져 있는데, 지금도 그 앞을 서성이다 보면 30년 전 그 길 위에 발자국을 보탠 사람들을 어렵지 않게 만날 수 있다. 마침 악보를 한 아름 든 채 발자국 위를 지나가던 아주머니에게 혹시 30년 전 어디선가 노래를 부르셨냐고 여쭤보았다.

"그때 저는 라트비아 남부 바우스카 지역의 고속도로에 서 있었어요. 남쪽으로는 리투아니아로 이어지고 북쪽으로는 비드제메를 지나 에스토니아로 이어지는 큰 도로죠. 우리는 다 같이 손을 잡고 자유를 위해 노래했어요. 서로 노래를 주고받던 그 순간의 감정은 절대 말로 표현할 수가 없어요."

노래 축제는 5년에 한 번, 그 기억을 풀어내는 시간이다. 라트비아의 인구는 200만 명이 채 안 되는데, 축제 기간에는 4만 명이 넘는 참가자가 오롯이 노래하고 춤추기 위해 리가로 몰려든다. 여기에 전 세계에서 노래를 듣고자 찾아오는 수만 명이 더해져 5년에 한 번 이 작은 도시의 골목골목은 아주 큰 노랫소리로 꽉 차게 되는 것이다. 30년 전 손에 손을 잡고 독립을 위해 노래하던 이들은 노래로 되찾은 골목, 광장, 운하에서 그 시절의 노래를 부르고 듣는다. 구시가의 수많은 블록을 지날 때마다 새로운 합창단들을 만났고, 곳곳의 스크린에서는 도시 어딘가에서 열리고 있는 공연이 생중계되고 있었다.

짧은 여름이 절정을 향해 가는 7월의 여덟 번째 밤, 일주일

대망의 노래 축제, 그 마지막 날

간 이어진 축제의 '마지막' 노래를 듣기 위해 나는 메자 공원으로 향했다. 그런데 캠코더를 든 채 프레스 구역으로 들어서는 순간 깨달았다. 아, 이건 내가 비빌 스케일이 아니구나. 무대에만 1만 2000명, 객석에는 같이 노래 부를 만반의 준비가 된 3만 5000명이 보였다. 4만 7000개의 눈빛이 '자, 뭘 찍을래?' 하고 나를 쳐다보는 듯했다. 내가 가진 건 삼각대 딸린 캠코더 두 대가 전부. (그때까지만 해도 믿지 않았지만) 끝나는 시간은 아마도 다음 날 새벽 6시. 지금은 저녁 7시지만 해가 길어서 완전 대낮이고 5시간 뒤쯤 깜깜해질 것이며, 행사가 끝날때가 되면 다시 밝아져 있을 터였다.

시간 흐름을 보여주면서 자연스럽게 편집을 하려면 얼마나 찍어야 할까? 대통령도 나오고 중간에 모닥불도 피우고 춤도 추고 국가도 부르고 앙코르도 한다던데, 하이라이트가 어디쯤일까? 그냥 밝을 때 풀 숏 여러 컷 찍고, 사람들 얼굴 타이트하게 몇 컷 찍어서 노래 하나만 쭉 깔아버릴까? 방송 분량은 30초 정도밖에 안 나오겠지만 그나마 가장 실현 가능한 방법 같았다. 하지만 그놈의 '100년에 한 번'이 발목을 붙잡았다. 이 미친 스케일을 시청자들한테 한번 보여줘? 참가자들이 입장해서 무대의 제자리에 서는 데만 꼬박 1시간, 나는 이 작은 나라의 말도 안 되게 큰 잔치를 끝까지 담아보기로 했다.

우선 관객석 맨 뒤 높은 곳에 있던 프레스 지정석에서 빠져

나와 오리걸음으로 조금씩 무대 앞으로 향했다. 한 대의 캠코더를 삼각대에 놓고 높이가 다른 관객석 여러 곳을 돌아다니며 거리감이 다른 풀 숏을 착실히 모았다. 그와 동시에 다른 캠코더로는 노래하는 사람들의 얼굴 타이트 숏, 그룹 숏, 악기, 박수 치는 손 등 인서트가 될 만한 것들을 계속해서 촬영했다. 그렇게 오리걸음으로 자정쯤 객석의 첫 줄에 다다를 수 있었다. 각 마을의 사람들이 횃불을 들고 나타나고, 객석의 모두가 일어나 휴대폰의 불빛을 켠 것도 그쯤이었다. 그 순간, 지금이 하이라이트라는 직감이 왔다. 그때는 제목도 몰랐지만 라트비아 국민의 눈물 버튼 'Saule, Perkons, Daugava(태양, 천둥, 다우가바강)'가 흘러나오고 있었다. 이 노래만큼은 꼭 끊기지 않게 촬영해서 방송에 내야겠다는 생각뿐이었다. 풀 숏 하나로 노래 전체를 방송할 수는 없으니 각 소절별로 두 대의 카메라를 옮기고 줌을 당겨가며 필사적으로 다른 숏들을 만들어냈다. 휴대폰으로 올림픽을 중계한다면 이런 느낌일까? 혼자서 〈뮤직뱅크〉의 아이돌 무대를 찍는다면 이런 느낌일까? 나는 속으로 박자를 세어가며 가제트의 팔이 되어 소절이 바뀔 때마다 카메라 두 대를 무대로, 객석으로, 풀 숏으로, 타이트 숏으로 재빨리 옮겼다. 카메라의 숏이 이동하는 순간이 찍힌 화면은 사용할 수 없어 촬영본 절반은 포기해야 했지만, 다행히 세 번의 앙코르가 쏟아진 덕분에 매 소절 숏을 바꿔가며 이 한 곡을

발자국이 노래가 되는 순간

오롯이 방송할 수 있었다.

생명의 물, 죽음의 물이

다우가바강에 함께 흐르네

그 강에 손끝이 닿으면

우리의 영혼은 생명과 죽음을 모두 느끼네

태양은 우리의 어머니고

다우가바강은 우리의 고통을 보살펴주네

천둥은 악을 내쫓으니

그가 바로 우리의 아버지라네

5만 명이 함께 울고 웃으며 불러낸 서른여덟 곡의 노래. 자정이 넘어 약속된 공연 시간이 끝나고 무대의 조명이 꺼지자, 진짜 '노래의 밤'이 시작됐다. 아무도 집에 갈 생각이 없어 보였다. 객석의 사람들은 스피커에서 흘러나오는 노래를 따라 부르고 춤을 추기 시작했다. 해가 뜰 때까지 사랑하는 사람들과 좋아하는 노래를 부르는 밤. 어둠 속에서 나눈 그 온기는 앞으로 5년 동안 이 땅을 감싸줄 것이다.

끝날 듯 끝나지 않는 노래처럼 꺼질 듯 꺼지지 않은 100년의 시간, 그 속의 짧은 꿈같았던 서늘한 여름 숲에서 나도 한 줌의 온기를 담아왔다. 노래 축제를 촬영한 지 벌써 4년이 지났지만 요즘도 일하다 힘들 때면 〈걸어서 세계 속으로〉의 라트비아 노래 축제 부분을 찾아서 몇 번을 돌려 본다. 그러면 거짓말처럼 다시 힘이 난다. 나 저런 것도 해낸 사람이야. 지금 하는 촬영은, 편집은 아무것도 아니야, 스스로를 다독이며. 작고 조용한 나라가 100년에 한 번 모아낸 큰 목소리에 함께했음을 감사하며. 아마도 그 기억은 끝나지 않던 노랫소리처럼 꽤나 오래갈 것 같다.

〈걸어서 세계 속으로〉에
꼭 나오는 장면들

〈걸어서 세계 속으로〉는 2005년 11월 5일에 시작했다. 내가 〈걸어서 세계 속으로〉에서 처음 맡은 회차는 514회. 나의 의도나 기여와 무관하게 프로그램은 이미 확고한 정체성을 갖고 있었다.

시청자 게시판에는 등산복 입고 미술관 좀 가지 말라는 글이 심심찮게 올라온다. 하지만 PD들도 할 말은 있다. 등산복을 입은 그날 미술관만 갔을 리가 없다. 번지점프를 했거나 산을 탔거나 하다못해 삼각대를 메고 전망대라도 올라갔을 것이다. 보기만 해도 음성 지원이 되는 〈걸어서 세계 속으로〉의 장면들은 그렇게 탄생했다.

마침 출출해진 나는

전통 시장이나 오래된 맛집 앞을 서성대던 PD가 마침 출출하다며 혼자 앉아 음식을 맛본다. 무표정의 PD는 음식을 한두 번 씹자마자 "음~" 하면서 고개를 끄덕인다. 진품명품 감정단에 가까운 그 표정을 보면 맛있다는 내레이션에 전혀 신뢰가 가지 않는다. 맛없는 게 아니라 민망해서 그렇다. 찍혀본 경험이 없는 데다, 어쩐지 이 식당에서 나만 빼고 다들 끼리끼리 화목한 것 같다. 사실 음식도 다 식었다. 몇 번의 NG를 거쳐 음식을 차려주는 직원을 찍고, 차려진 음식들을 하나하나 클로즈업한 후에야 PD가 먹을 차례다.

고소공포증이 있지만 용기를 내서

제작 여건상 장소를 통째로 빌리기는 어렵기 때문에 모든 체험은 관광객 틈에 섞여
긴 줄을 서는 것부터 시작한다. 무서워하는 주변 사람들을 촬영하고 인터뷰도 하다
보면 시간은 금방 간다. 내 차례가 오면 헬멧에 달린 액션 캠이 잘 작동하는지, 착지
지점의 바닥에 설치해놓은 삼각대는 잘 있는지 확인하고 코디네이터에게 나를 찍
을 앵글을 알려준다. 막상 카운트다운이 시작되면 전혀 떨리지 않는다. "퇴근이다"
외치며 한 방에 뛰어내린다.

노랫소리가 들려 따라가 보니

마침 마을에 축제가 열리고 있었다? 그런 건 없다. 그림이 되고 이야기가 있는 행사를 찾기 위해 출국 전에 인터넷을 이 잡듯이 뒤진다. 미리 이메일을 보내 촬영 허가도 받아놓고, 당일 현장에 일찍 가서 카메라 놓을 장소도 확보해야 한다. 그런 다음 다시 거리로 나와 흥겨운 노랫소리를 따라가면 내레이션이 화면과 찰떡처럼 붙는다.

나도 한번 올라가 봤다

드론이 있어도 전망대가 보이면 일단 올라간다. 드론으로 촬영한 도시 전경이 훨씬 멋지지만, 평범한 관광객이 볼 수 있는 풍경을 그대로 보여주는 게 〈걸어서 세계 속으로〉의 덕목이라 생각해서다. 비틀대며 올라간 전망대는 인생샷을 찍기에는 사람이 너무 많고 난간이 시야를 가리기도 하지만, 그게 실제 상황이니까.

경이로운 풍경에 그만 한참을 넋을 잃고 서 있었다

에메랄드빛 바다, 거대한 폭포, 광활한 사막, 눈이 시린 빙하….
한 주 동안 고생한 시청자들에게 시원한 풍경을 보여드리는 것은
〈걸어서 세계 속으로〉의 존재 이유다.

제일 모르는
사람

"아버님, 뻘배가 갯벌 보호에 좋다면서요?"

"잉, 좋지. 뻘배가 무릎 건강에 최고여. 왼쪽 무릎으로 하다
가 오른쪽으로 하다가 번갈아 하면 무릎이 건강해져. 그래서
내가 팔십인데도 이렇게 젊은 거여."

"으이구 영감, 팔십 아니고 일흔아홉!"

어머님은 현장에서 팩트 체크를 하며 유유히 카메라 앞으로
지나가셨다. 새벽 4시에 집을 나서 눈이 퀭해진 촬영감독님들
도 웃음이 터졌다. 나도 웃다가 다리가 풀려 마루에 주저앉았
다. 뻘배는 '뻘'에서 타는 배, 말하자면 작은 썰매다. 무릎까지
푹푹 빠지는 갯벌에서 어민들은 뻘배에 한쪽 무릎을 대고 한

쪽 무릎으로는 갯벌 바닥을 밀며 칠게를 찾아 나선다.

이런 전통 방식이 큰 배를 타고 나가 바닥을 다 긁는 것보다 갯벌 보호에 좋지 않으냐고 여쭤본 거였는데…. 교양 PD라는 직업이 이렇다. 아주 뻔한 생각을 하고 갔는데 예측 불가능한 현실이 눈앞에 있다. 80퍼센트 정도는 답을 써놓고 현장에 가도 전혀 다른 방향의 답변이 나오고, 절대 나를 웃겨주실 거라 기대하지 않은 할머니, 할아버지들 때문에 배가 아프도록 웃을 일이 생긴다. 이런 '분량이 안 되는' 시간들이야말로 내 일터의 숨구멍이다. 물론 다시 한번 물어볼 거다. 뻘배의 전통 가치에 대해서 좀 말씀해달라고 이리저리 구슬려도 볼 것이다. 하지만 절대 "아니 그게 아니고요"라며 말을 끊진 않을 거다.

"아이구, 그러게요. 왼쪽, 오른쪽 다리 번갈아가면서 매일 운동하시니까 이렇게 건강하셨구나! 이렇게 좋은 데서 오래오래 일하셔야 하잖아요. 젊은 사람들한테 갯벌 좀 잘 지키자고 한마디해주세요."

"막둥아! 서울에 있지 말고 빨리 내려와라. 어떻게든 요걸 우리 막둥이한테 물려줘야 하는디. 서울 있어봐야 별거 없다. 뻘배가 하나에 17만 원인데 내가 지금 너 주려고 또 이렇게 만들었다. 임자, 임자도 여기 옆에 와서 한마디해봐. 우리 막둥이 이름이 뭐냐면…."

빨리 끝내고 점심 먹으러 가기는 틀렸다. 새벽에 봉고차를

▲ 뻘배 덕분에 아직 정정하신 어르신의 집 마당
▼ 갯벌 촬영 중, 수레에 가득한 촬영 장비

타고 서울에서 순천까지 왔다. 올라가면 깜깜한 밤이 되겠지. 잘해봤자 1분 30초 나갈 분량. 방송이 안 된 모든 '편집당한' 순간들, 나는 오늘도 여행 중이다.

학교가 좋았다. 학생 시절만 한 때가 없다는 걸 학생 시절에 이미 깨달아버린 속 늙은 학생이었달까. 초등학교 졸업식 날 "어린이 시절이 끝난다는 게 슬프다"라고 일기장에 썼던 나는 그대로 몸만 (아주 조금) 커서 대학생이 되었다. 파란 하늘에 새하얀 구름이 많이 뜬 날은 자취방에서 학교까지 일부러 천천히 걸었다. 과제도, 발표도 없는 날 두꺼운 전공 서적을 몇 권 들고 정문을 지날 때면, 그 순간이 너무 행복한 나머지 시간이 흐르는 것에 서글픔을 느낄 정도였다. 애초에 대학 생활은 여덟 학기만 남은 채로 시작된다. 한 학기라 해봤자 벼락치기로 과제를 하다 밤새고 회복하고 술 마시기를 반복하다 눈뜨면 방학이다. 아무런 생산적인 일을 하지 않고 당장 쓸 데도 없는 훌륭한 글들을 읽으며 진로와 상관없는 체육교육과 수업을 듣던 '학부생'의 삶이 나에겐 정말 딱 맞았다.

교양 다큐 PD로서의 삶은 나에게 대학 생활의 연장이다. 차이가 있다면 월급이 나오고, 시청률 표도 나온다는 것. 비슷한

점은 많다. 당장 사용하거나 팔 수 있는 물건을 만드는 것도 아니고, 저게 대체 사회에 무슨 도움이 되나 싶은 일을 한다는 것이 그렇다. 10년을 해도 맷집만 생길 뿐 거의 매번 '바보' 상태에서 학기 또는 프로그램을 시작해야 하는 점도 똑같다.

'문학과 정신분석' 수업을 들으며 쌓은 경험이 '스포츠 마케팅' 수업에서는 별 도움이 되지 않듯이, 〈TV 유치원〉을 하다가 〈생로병사의 비밀〉로 배정받으면 다시 신입사원 모드가 된다. 같은 장소에 간다고 기출문제 풀 듯이 촬영이 술술 되는 것도 아니다. 〈6시 내고향〉에서 먹거리로 낙지를 소개하며 찾은 갯벌을 〈환경스페셜〉에서 유네스코 세계자연유산을 주제로 촬영하면 기획, 섭외, 촬영, 편집까지 완전히 다른 방식으로 일을 시작해야 한다. 그렇다고 이미 한 아이템을 또 하는 건 내키지 않는다. 재수강이 재미없는 것과 마찬가지다.

어떤 아이템을 하든 PD는 그 현장에서 '제일 모르는 사람'이다. 현장에 가면 수십 년간 그것만 연구해오신 교수님, 수십 년간 그것만 잡아오신 어촌계장님, 수십 년간 그것만 그려오신 작가님, 수십 년간 그것만 보호해오신 환경운동가들이 나를 기다리고 있다.

대학에 진로 강의를 가면 학생들이 종종 묻는다.

"막상 현장에 갔는데 생각했던 그림이 나오지 않을 때는 어떻게 대처하시나요?"

생각했던 그림이라. 그런 게 자판기에서 커피 뽑듯이 나온 적은 한 번도 없었다. 책 몇 권 읽고 인터넷을 뒤적인 일반인이 아무리 생각을 골똘히 해봤자 관련 기사와 프로그램에서 몇 발짝 나가기가 힘들다. 첫 촬영 전날, 열정은 가득하나 바보 상태가 최고에 이른 그때는 생각은 접어두고 잠이나 푹 자는 게 낫다. 뭣도 모르는 내가 생각했던 그림은 50퍼센트만 만들면 된다. 나머지 50퍼센트는 현장에서 주워 담는다.

대형 화재 현장에서 활약하는 신입 소방관을 찍기 위해 지역 소방서에서 먹고 잤던 2개월, '다행히' 큰 불은 한 번도 나지 않았다. 무거운 헬멧을 벗자 뚝뚝 떨어지는 땀방울과 그을음이 묻은 얼굴, 어둠 속에서 문을 열기 위해 도끼를 휘두르는 다급한 손, 화마를 뚫고 시민을 업고 나오는 순간의 실루엣⋯. 꼭 촬영할 거라고 갈무리해둔 자료 사진은 많았다. 하지만 많은 현장은 검은 연기 대신 무거운 침묵만이 깔려 있었다. 대형 화재보다 고독사 신고가 더 많아 늘 시건 개방 장치를 챙겨야 하는 현실을 여의도에서는 알 수 없었다. 새로운 이야기를 담으려면 생각을 버리고 현장을 서성대야 하는 이유다.

KBS 봉고차 문을 열고 "잘 부탁드립니다"밖에 할 말이 없는 나는 여전히 신입이다. 보나마나 올해도 뭔가 해결해줄 듯이 가서는 바보 같은 질문을 하고 있을 것이다. 아무것도 모르면서 고수들을 이끌어야 하는 나는 누가 시킨 것도 아닌데 내가 좋아 벌인 판에서 늘 길을 헤맨다. 고수들과의 대화에서 끙끙대며 암호 같은 전문 용어들을 반쯤 알아들은 척하다 이제 좀 익숙해질 때쯤이면 어느새 헤어질 시간. 그렇다. 교양 PD의 직업은 그냥 여행이다. 시간과 돈을 녹여가며 '여행 아니면 언제 이런 걸 보겠어' 하던 나는 청춘과 제작비를 녹여 'PD 아니면 언제 이런 분들을 만나보겠어' 하며 13년째 하염없이 여행 중이다.

내가 버린 쓰레기를
만난 여행

"아이구 피디님, 더운데 이렇게 멀리까지 와주시고."

봉고차 문을 열자 쾌활한 목소리의 아주머니가 반겨주셨다. 그녀를 만난 곳은 경로당 앞. 바닥엔 보라색 고무신과 뒤축이 꺾인 운동화, 슬리퍼들이 어지럽게 엉켜 있었다. 바깥의 매미 소리만큼 경로당 안도 시끌벅적했다. 마을에서 거동이 가능하신 분들은 다 오신 모양이었다. 경로당 벽 한가운데엔 빛바랜 태극기가 걸려 있고, 양옆으로 마을 어르신들의 단체 여행 사진이 있었다.

"저 중에 몇이 죽었는지 모르겠어. 하나, 둘, 셋…. 여기는 귀농한다고 내려와서 부부가 암에 걸려버렸지 뭐야."

등을 구부려 양반다리를 한 어르신들은 가뜩이나 작고 야윈 몸이 더 가냘파 보였다. 마을의 막내인 아주머니는 부지런히 수박을 잘라 날랐다. 하지만 아무도 수박에 손을 대지 않았다. 어르신들의 시선은 서울 방송국에서 온 〈생로병사의 비밀〉 PD를 향해 있었다. 할 말은 많은데 먼저 입을 떼는 사람은 없었다.

"이 중에 몸 불편하신 어머님, 아버님 계시면 손 한번 들어 보세요."

경험 많은 촬영감독님이 침묵을 깼다.

"나! 기침을 많이 해서 머리가 부서질 것처럼 아파서 잠을 못 자."

"아이구, 여기 보여주기 남사스러운데 배에 보면 진물이 줄줄 흘러."

"새벽에 소각장 쪽으로 가면 고개를 못 돌려 그리로. 냄새가 막 말도 못 해. 썩은 내가 나."

어르신들은 팔과 다리를 걷어 보였다. 불긋불긋한 반점과 긁어서 생긴 피딱지들이 피부를 덮고 있었다. 3개의 소각장으로 둘러싸인 시골 마을은 이미 거주 인구의 3분의 1이 암에 걸린 터였다. 소각장의 굴뚝에선 자주 검은색 연기가, 때론 형광 분홍색 연기가 나와 어르신들을 두렵게 했다. 이른 새벽이면 매캐한 연기로 뒤덮인다는 시골 마을. 그 마을을 병들게 한 건 마을 사람들이 버린 쓰레기가 아니었다. 전국 쓰레기의 18퍼센트가 한 중소 도시의 소각장으로 모이고 있었다.

"방송 촬영 온다고 날짜 잡지? 그러면 귀신같이 알고 연기를 안 내보내. 오늘은 좀 나은 거야. 공무원도, 방송국에서도 안 오는 주말 새벽이 제일 심하다고."

운동기구에 기대 잠자코 앉아 있던 어르신이 힘없는 목소리로 말했다. 간암 4기 5년 차에 전이로 폐도 잘라내야 했다는 어르신은 더 이상 기대도 없어 보였다. 농약 회사의 로고가 그려진 모자가 커 보일 만큼 야윈 얼굴에는 그늘이 짙었다. 아마 오늘도 동네 사람들이 사정하니 마지못해 나오셨겠지. 소각장이 들어선 지 20년, 병든 주민들의 이야기가 신문에 난 것도 여러 번인데 소각장은 오히려 증설을 추진 중이었다. 무엇이 바뀔 거라 기대할 수 있을까? 나는 지난 20년간 시끄러워질 때마다 마을에 다녀간 수많은 취재진 중 한 명일 뿐이었다. 몸이 아픈 사람들을 다 모아놓고 억울한 이야기를 실컷 해보라고 한 다음 기껏해야 3분짜리 프로그램을 내는 것 외에 해줄 것이 없는 사람.

이 아픈 분들은 듣는 사람만 바꿔가며 똑같은 이야기를 대체 몇 번이나 해야 했을까? 하지만 그게 내 일이었다. "방송이 자꾸 나가면 저 사람들도 좀 조심하지 않을까요?"라는 건 희망 없는 자리에서 반복하는 나의 레퍼토리다.

방송에 나가는 건 3분일 줄 알면서도 한참을 경로당에 앉아 있었다. 알레르기가 있어 먹지 않는 수박도 하나 집어 들었다. 필요한 인터뷰는 3명이면 충분했지만 이왕 나오신 분들의 이야기를 다 들어보기로 했다. 아무리 힘든 일을 겪은 분들이라도 사람 사는 곳에 얘깃거리가 그것만 있는 건 아니다. 카메라를 잠시 내리면 시작되는 정치인 홍보기, 예전에는 부촌이었다는 마을 자랑, 데모를 하다 두 쪽으로 갈라져버린 이웃들에 대한 섭섭함, 그래도 고추 농사를 지어 자식은 서울 보냈다는 이야기까지…. 어르신들의 방향 잃은 수다는 수박이 사라질 때까지 계속되었다.

취재를 마치고 경로당 마당에서 드론을 띄우려는데 네다섯 분이 따라 나오셨다. 드론을 띄우자 마을을 둘러싼 소각장들의 파란 지붕이 또렷하게 보였다. 어르신들은 손바닥만 한 드론 모니터 위에 머리를 모은 채 아무 말도 하지 않았다. 굴뚝에서 나오는 하얀 연기는 지금도 마을로 계속 흘러들고 있었다.

"아버님, 촬영은 끝났는데 그냥 궁금해서요. 정말 원하시는 게 뭔지 여쭤도 될까요? 구체적인 보상이라든지 이주라든지, 어떤 거든 어르신이 원하시는 거요."

수척한 얼굴의 어르신은 원두막에 놓여 있던 신문을 집어 들었다. 장지갑만 한 크기로 접혀 얇은 비닐로 포장된 신문이었다.

"서울 가면 말이오, 이런 거 만드는 회사 사장들 다 만날 거 아니요? 그럼 이 비닐 포장 좀 하지 말라고 전해줘요. 거기서 만들면 다 여기서 태워지는 거 오늘 봤잖아. 서울 쓰레기가 다 어디로 가겠어요? 아가씨 집 앞에서 쓰레기 태워요? 우리 동네 같은 데로 오지. 처음부터 만들지 않으면 안 태워도 될 거 아니요."

그때부터였다. 내가 버린 옷, 마트에서 팔리지 않아 버린 음식이 어디로 가는지 궁금해진 것이. 왜 많이 쓰고 많이 버리는 사람일수록 쓰레기에서 멀리 떨어져 그 냄새를 모르고 살아도 되는 걸까? 출연자분들에게 해드릴 수 있는 건 없었다. 방송이 나가고 유튜브에는 분노의 댓글이 수천 개 달렸지만, 마을 밖의 사람들에게 그 일은 '발등의 불'이 아니라 '우리 동네가 아니어서 다행'인 일인 것 같았다. 프로그램 잘 봤다는 선후배 몇몇의 인사에 마음껏 반가워할 수도 없었다. 그렇게 심란해하던 차, 〈환경스페셜〉이 부활한다는 연락을 받았고, 나는 오래 생각지 않고 사무실을 옮겼다. 그리고 2년째 내가 목격한 심란함을 시청자들에게도 권하고 있다. 누군가가 고맙게 입겠지 하고 헌옷 수거함에 버린 옷들이 아프리카로 보내져 쓰레기 산이 되는 심란함을, 유통기한도 지나지 않은 음식들이 마트에서 버려지고 시골 논에 묻히는 심란함을 나만 알 수는 없으니까.

다음 아이템을 정하는 건 내가 아니다. 내가 눈뜨고도 보지 못한 게 무엇인지, 널리 알려야 할 게 무엇인지 가르쳐주는 건 늘 길 위에서 만난 분들이었다. 뉴스에서는 채솟값이 비싸다고 난리인데 왜 제주에서는 양배추 밭을 갈아엎고 있는지, 플라스틱 재활용 공장에는 왜 한국인이 없는지, 영업시간이 끝나면 백화점 식품관의 비싼 케이크는 다 어디로 보내지는지 그분들이 아니었다면 몰랐을 것이다.

올해도 인생에서 마주칠 일 절대 없을 누군가를 만날 거다. "그래도 자꾸 알리면 바뀌지 않을까요?"라는 마음으로 낯선 이의 문을 두드릴 것이다.

따봉은 카메라에
담기지 않는다

"출연한 분들에게 행복한 만남으로 기억되는 프로그램을 만들고 싶어요."

〈유 퀴즈 온 더 블럭〉에서 유재석 씨가 어떤 프로그램을 만들고 싶으냐고 물었을 때 진심을 담아 답했다.

회사 홍보에 별로 도움이 되지 않지만 방송사의 요청이니 응대해야 하는 홍보팀 직원들, 똑같은 실험 시연에 지친 교수님들, 뙤약볕에서 수확 장면을 찍고 바로 촬영용 음식을 준비하느라 끼니를 놓쳐버린 수많은 어머님, 아버님까지. 늘 누군가의 시간을 빼앗아왔다는 마음의 짐 때문이었을 것이다.

하지만 최대한 빨리 사라져주려던 나를 불러 세운 브라질 사람들, 그들은 온몸으로 말했다. 너는 내 시간을 뺏고 있는 게 아니야, 나는 너와 놀려고 오전을 통째로 비웠다고! 이 나라의 시간은 출국 전부터 다르게 흘렀다.

주한 브라질 대사관을 찾은 건 〈걸어서 세계 속으로〉 촬영을 위한 출국을 6일 앞둔 때였다. 늘 그렇듯 출국은 얼마 남지 않았고, 섭외는 거의 되지 않아 마음이 급했다. 리우데자네이루의 명성에 가려 거의 알려지지 않은 수도 브라질리아, 과거엔 금광 산업으로 지금은 세계 최대의 야외 미술관 '이뇨칭'으로 유명한 미나스제라이스까지 가보고 싶은 곳은 이미 정해둔 터였다. 다만 매체에 거의 소개된 적이 없는 곳이라 정보가 턱없이 부족했다. 뒤늦은 후회와 함께 브라질 대사관에 연락해 섭외 도움을 요청했다. 대사관의 답변은 간단했다. 시간 될 때 대사관으로 오라는 것. 금요일 오전, 대사관에 도착하자 키 큰 남자가 양팔을 벌리고 하회탈 같은 미소로 다가왔다. 이메일만 한 번씩 주고받은 더글라스 담당관은 마치 오랜만에 만나는 친구처럼 내 이름을 부르며 어깨를 껴안았다. 커피를 마시며 프로그램에 대해 이런저런 얘기를 나눈 끝에 그가 말했다.

"브라질 외무부에 이메일을 보내놓을게. 그리고 브라질리아에 내 고향 친구가 한 명 있거든. 걔한테 하루 시간 빼놓으라고 할 테니까 필요한 건 뭐든 그 친구한테 물어봐."

이거 그냥 전화나 이메일로 해도 되는 거잖아? 해결된 일 없이 1시간이 훌쩍 지났다. 얻을 것은 더 이상 없어 보였고, 빨리 사무실로 돌아가 현지에 공문이라도 써야겠다는 생각뿐이었다. 하지만 커피 타임이 끝나자 더글라스는 나를 대사님께 데려갔다. 우리는 대사관 건물 꼭대기층의 경복궁 뷰를 만끽하며 커피를 한 잔 더 마셨다. 대사님은 나를 다시 사무실로 데려가 모든 직원에게 소개시켰다. 현지에서 온 직원들은 각자의 고향과 그곳에서 무엇을 먹어야 할지를 알려주었고, 한 명씩 나와 볼 키스를 나눴다. 리우데자네이루에서 왔다는 한 직원은 삼바 축제 이야기를 하며 가볍게 엉덩이까지 흔들어 보였다. 이제 진짜 가야 하는데…, 싶을 때쯤 대사님이 〈브라질의 세계문화유산〉이라는 두꺼운 책을 한 쪽씩 넘기며 설명을 시작했다. 손녀에게 책을 읽어주는 할아버지의 따뜻한 마음과 이미 브라질 출장을 다녀온 듯한 환각이 뒤섞이면서 머리가 어질어질했다. 옆에 있던 더글라스가 시계를 흘끗 보기 시작하자 눈치를 챈 건지 대사님이 책을 덮으셨다.

"점심 같이 먹을래요?"

돌이켜보면 여행은 이미 그때 시작되었다. 대사관에서 커피와 삼바와 수다로 '하는 일 없이' 2시간을 훌쩍 보내버린 날,

브라질, 땅도 사람들의 마음도 넓은 곳

이미 내 왼발은 브라질 서쪽 해변에 살짝 닿아 있었다.

∽∽∽∽

순식간이었다. 산과 폭포를 보여주던 휴대폰 화면은 온통 검은색으로 변했고, 화면 상단의 빨간색 N/A(Not Available, Not Applicable) 표시가 큰일이 일어났음을 알려줬다. 드론이 추락했다. 지표면에서 높이 올라간 드론은 폭포에서 점차 멀어지며 샤파다 두스 베아데이루스 국립공원의 넓은 산세를 담고 있었다. 부딪칠 만한 건물도, 바람 한 점도 없는 곳이라 모처럼 편안한 마음으로 드론을 날렸었다. 추락한 채 전원이 꺼져버린 드론은 GPS 상에 마지막 위치를 남겼지만 무용지물이었다. 드론이 추락한 곳은 내가 서 있는 곳보다 500미터 가까이 높은 데다 등산로가 전혀 없는, 말 그대로 첩첩산중이었다.

나는 중요한 결정을 섣불리 내리는 편이다. 회사의 파업이 길어지면서 갑자기 할 일이 없어지자 결혼이나 할까 하다 해버렸듯, 이날도 추락 지점까지 길이 없는 것으로 보이자 드론을 바로 포기하기로 했다. 물론 속은 쓰렸다. 드론과 함께 그간의 촬영 파일도 날아가 버렸고, 남은 일주일도 드론 촬영을 못 하게 될 터였다. 게다가 장비 분실은 내 잘못이니 회사에 돌아가면 드론 가격도 일부 배상해야 했다. 하지만 어영부영하다가 다음 일정까지 그르칠 수는 없었다. 내일 오전에는 무조건 여

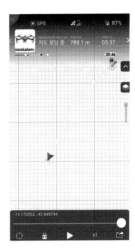

첩첩산중에 추락한 드론

드론이 추락할 것도 모르고 즐거운 한때

기를 떠나 다음 촬영지로 가야 했다. 똥 볼이든 아니든 빨리 차야 하는 것은 PD의 숙명. 이미 뙤약볕에서 2시간을 걷고 하산만 기다리고 있던 코디네이터도 할 말을 잃고 나만 바라보았다. 전날 밤늦게까지 삼바 공연을 촬영한 터라 낮잠이 간절한 건 나도 마찬가지였다.

"내려가서 점심 먹고 오늘은 마무리하시죠."

"그… 럴까요? 등산로도 없는 곳이라 어차피 찾기는 힘들 거예요."

그때 국립공원 트레킹을 위해 당일만 고용한 현지인 가이드 세드릭이 끼어들었다. 트레킹 내내 마주친 야생화들의 이름을 하나씩 알려주고, 폭포에서는 수영을 못 하는 나를 아기 수영단 선생님처럼 끌어주면서 항상 쌍따봉을 날려주던 그였다. 늘 웃고 있는 반짝이는 눈으로 한 번도 "No"를 한 적이 없는 세드릭이 말했다.

"그럼 여기서 찍은 것도 다 버려야 하잖아요. 파일은 찾아야죠."

조금 전 국립공원 지형에 관해 인터뷰를 해준 동네 토박이 가이드도 거들었다. 둘은 나의 휴대폰을 가져가 드론 추락 지점을 두고 열띤 토론을 벌였다. 산꼭대기를 표시하듯 두 손을 뾰족하게 모아보기도, 봉우리 너머 먼 곳을 가리키기도, 어깨를 으쓱해 보이기도 하던 그들은 말했다.

"자넬라 피크 근처인 것 같아요. 탐방로에서는 벗어나 있는

데 바위를 타면 가까이 갈 수 있을 거예요. 우리 둘이서 다녀올
게요."

우리 둘이서? 그런 건 없다. 하는 일이 없어도 늘 현장에 있
어야 하는 게 PD다.

"저도 갈게요. 코디네이터님은 내려가서 쉬세요. 그런데 피
크까지 얼마나 걸릴까요?"

"우리 걸음으로 네다섯 시간이면 갈 거예요."

"고맙지만 포기해주시면 안 될까요?"라는 말이 목까지 차올
랐다. 감당하기 힘든 고마움과 황당함이 함께 밀려왔다. 어차
피 일당은 정해져 있고, 일이 빨리 끝나서 쉬면 가이드에게는
좋은 일 아닌가? 네다섯 시간을 올라간다고 해서 드론을 찾는
다는 보장도 없었다. 하지만 어쩌겠나. 삼청동 브라질 대사관
에서 그랬듯 샤파다 두스 베아데이루스의 이 브라질 사람들은
오늘 하루를 온전히 나를 위해 쓰기로 마음먹은 것 같았다. 우
물쭈물할 시간이 없었다. 예보된 일몰 시각까지 4시간, 이정표
도 없는 수풀 사이에서 드론을 찾으려면 깜깜해지기 전에 GPS
표시 위치까지 내달려야 할 판이었다.

등산을 좋아하냐고? 그랬으면 드론을 날리지 않고 애초에
자넬라 피크로 트레킹을 했겠지. 서울시 면적의 3배가 넘는 샤
파다 두스 베아데이루스 국립공원을 찍으면서 감히 땀 한 방
울 흘리지 않으려 했던 나를 대자연이 친절한 브라질 사람들

을 보내 참교육할 차례였다.

국립공원이 있는 마을 상 조르즈에서 자란 히카르두가 앞장
섰다. 나보다 키가 40센티미터 정도 큰 그의 보폭에 맞춰 세드
릭과 내가 뒤를 따랐다. 긴 나뭇가지를 들고 수풀을 헤치며 바
위를 기어오르고 뛰어내리기를 반복하다 보니 어느새 주위가
어둑어둑해졌다. 도움은 못 될망정 짐이 되지 않기 위해 숨소
리도 죽이며 둘을 바짝 쫓았다. 처음에는 가시가 우거진 나무
나 높은 바위가 나오면 "Are you okay?"라고 물어보던 세드릭
도 점차 말이 없어졌다.

쉬지 않고 산을 오른 지 4시간, 자넬라 피크의 거대한 바위
가 보이고 높은 병풍처럼 폭포와 계곡을 감싼 산봉우리들 뒤
로 새빨간 해가 주황빛을 내뿜으며 땅에 점점 가까워지고 있
었다. 탄식이 나올 만큼의 절경이었지만 사진을 찍을 여유 따
위는 없었다. GPS에 표시된 지점에 다다르니 새하얀 모래 바
닥에 허리까지 수풀이 우거진 들판이 나왔다. 풀들 사이에는
드론이 부딪쳤을 법한 나지막한 나무들이 듬성듬성 서 있었다.

우리는 각자 방향을 나누어 바닥을 뒤지기로 했다. 반바지를
입은 다리는 나뭇가지에 긁혀 군데군데 피가 나고 있었고, 바위
를 기어오르느라 흙투성이가 된 옷들을 터는 것은 이미 포기한
지 오래였다. 10분째 바닥을 뒤졌지만 드론 비슷한 것도 보이
지 않았다. 나는 그다음을 생각해야 했다. 오늘의 두 번째 포기

선언은 언제 해야 하지? 결국 빈손으로 내려가면 두 가이드에게 사례는 얼마나 해야 할까? 아, 지금도 힘든데 내려가는 동안 분위기가 정말 최악이겠다…, 생각하던 순간이었다.

"따봉! 따봉! 따보오오오오옹!"

히카르두의 목소리였다. 소리가 나는 곳으로 나 역시 따봉을 외치며 수풀 속을 내달렸다. 세드릭도 다른 편에서 달려왔다. 히카르두가 한쪽 무릎을 꿇고 앉아 드론을 감싼 두 손을 머리 위로 들고 따봉을 외치고 있었다. 세드릭과 나는 히카르두에게 달려들어 그를 껴안았다. 키가 20센티미터씩 차이나는 우리 셋은 힘겹게 어깨동무를 하고 강강술래를 하듯 제자리에서 방방 뛰었다. 그래, 따봉은 이럴 때 하는 거지. 따봉! 따봉 브라질!

세드릭과 히카르두는 '마더 자넬라'의 축복이라며 성호를 긋고 자넬라 피크를 향해 무릎을 꿇었다. 붉은 해가 물들인 주황빛 하늘을 바라보며 나도 두 손을 모으고 눈을 잠시 감아보았다. 이 산은 결국 이렇게 나를 깊숙이 불러들이는구나. 풀벌레 소리만 가득한 수풀을 헤치고 바위를 기어오르며 산을 직접 만져보라고. 1초의 분량으로도 남지 않을 온전한 여행자의 시간을 보내보라고.

귀국 후 회사 사람들을 만나 이 이야기를 하면 '따봉' 포인트

추락 직전 드론이 담아낸 샤파다 두스 베아데이루스 국립공원

에서 전부 웃음이 터졌다. 그리고 예외 없이 한마디씩 덧붙였다.

"드론 찾으러 올라가는 과정을 찍지. 찾는 것까지 딱 찍었으면 분량 대박인데."

그놈의 분량 타령…. PD들은 어쩔 수 없다. 당장 나만 해도 그날 숙소로 돌아와 정신을 좀 차릴 만하니, '아 올라갈 때 핸디 캠으로 좀 찍으면서 갈걸 그랬나' 하는 생각이 들었으니까. 카메라로 찍지 못할 상황이면 차라리 재미없었으면 하고 바라는 게 우리네 직업병인 것을. 그날 우리 셋이 보낸 '인생 따봉'의 순간은 50분의 방송 어디에도 나오지 않았다. 샤파다 두스 베아데이루스 국립공원은 원래 의도대로 아주 청량하고 상쾌한 자연의 선물로 방송되었다. 왕복 6시간의 산행이 프로그램에 만들어낸 차이는 크지 않았다. 드론으로 찍은 산, 폭포, 계곡 세 컷이 방송에 15초쯤 나온 게 전부다. 하지만 방송에 한 프레임도 나오지 않은 그 6시간을 나는 브라질로 기억한다. 누군가 브라질은 위험하지 않느냐고, 그곳에서 뭐가 좋았느냐고 물으면 나는 '따봉'으로 이야기를 시작한다. 그리고 〈걸어서 세계 속으로〉 촬영이 끝나고 휴가로 다시 찾은 나라는 단 하나, 브라질이라고 말해준다.

"세드릭, 제가 너무 감사해서 사례를 꼭 하고 싶어요. 히카르두에게도요."

"오늘 트레킹은 즐거웠어요? 자넬라 피크 멋있죠?"

"네. 이렇게라도 가서 다행이라는 생각까지 들었다니까요."

"그럼 됐어요. 여기서 좋은 기억만 가지고 가세요. 다음엔 카메라 두고 꼭 놀러 와요!"

~~~~~

1년 반이 지난 2019년 겨울, 나는 남편과 브라질을 다시 찾았다. 집을 떠나 첫 숙소에 도착하기까지 꼬박 35시간. 밤 11시, 우리는 젖은 베개 같은 상태로 이파네마 해변의 작은 호텔에 도착했다. 카운터 직원은 우리를 진심으로 안쓰러워했다. 자세한 건 내일 설명해줄 테니 일단 들어가서 자라며 열쇠를 내주었다. 하지만 조식은 놓칠 수 없지.

"조식은 몇 시까지 해요?"

"아무 때나 오면 준비해줄게요. 걱정하지 말고 푹 쉬어요."

그래, 이게 브라질 사람들이지. 피곤에 찌든 얼굴에서 웃음이 터졌다.

"봤지? 브라질 사람들은 딱한 외국인을 그냥 두지 않아."

"응. 아까 공항에서도 리턴 티켓 있냐고 물어보길래 당황해서 가방을 뒤지는데 없어도 된다며 그냥 가라더라."

리턴 티켓도 없고 본 적도 없는 우리를 "돈 워리, 웰컴, 마이 프렌즈" 삼단 콤보로 반겨준 브라질. 허리가 버텨주는 한 우리는 다시 30시간의 비행을 기꺼이 감수할 것이다.

〈걸어서 세계 속으로〉

출국 D-1 타임라인

출국이 내일이다. 오늘은 손이 녹슬지 않았는지, 장비는 쌩쌩한지, 지갑은 두둑한지만 확인하면 된다. 나머지는 미래의 내가 알아서 할 것이므로 걱정은 접어두기로 한다.

10:00 KBS 본관 시계탑에서 드론 날리기

지난 출장으로부터 두 달은 지났기 때문에 내 손과 장비 둘 다 점검이 필요하다. 사무실에서 핸디 캠, 액션 캠, 짐벌이 잘 작동하는지 확인한 다음, KBS 본관의 시계탑 광장으로 드론을 갖고 나간다. 실수로 유리창 하나쯤 깨뜨려도 큰 사회적 물의를 빚지 않을 곳이라 드론 연습하기에 그만이다.

12:00 환전하기

해외에서 사용하는 출장비는 대부분 인건비라서 현금 사용의 비중이 높다. 평일 오후, S은행 KBS 지점에 가서 갑자기 수천 달러를 환전해달라고 하면 직원은 이미 안다.
"PD님, 이번에는 또 어디 가세요? 나가면 또 환전해야 하니까 100달러짜리 빳빳한 걸로 챙겨드릴게요."

14:00 남대문 시장 가기

'한 가족이 나를 집으로 초대했다'와 같은 상황에 대비해 현지인들에게 선물할 기념품을 사러 간다. 주로 사는 것은 자개 명함집, 손거울, 색동 주머니. 값도 싸고 보통 10개를 사면 1개를 끼워주셔서 소중한 제작비를 10퍼센트 아낄 수 있다.

16:00 여행 가는 나라 인사말, 숫자 익히기

출국하는 날은 어어 하다 보면 이미 비행기에 앉아 있고, 푹 자고 나면 지구 반대편이다. 그래서 출국 전날 그 나라의 인사말, 숫자를 찾아서 화면 캡처라도 해둔다.

18:00 남편에게 공휴일 알려주기

라트비아인인 남편에게 내가 없는 동안 있을 선거일, 대체 휴일을 알려줘 혼자 회사에 가는 일이 없게 한다.

20:00 새벽까지 TV 보기

어차피 내일은 종일 비행기만 타면 되고 내가 할 일은 없기 때문에 일찍 잘 필요가 전혀 없다. 피곤할수록 비행기에서 푹 잘 수 있기 때문에 출국 전날은 원 없이 TV를 본다. 막상 뜨려고 하면 이 나라에 볼 만한 게 얼마나 많은지.

아이를 위한
지구는 없다

구례에는 봄꽃이 한창이었다. 소문난 섬진강 벚꽃길은 풍성한 꽃 터널이 역시나 아름다웠다. 천천히 지나갈수록 좋은 곳이라던데 이날은 차도 사람도 없었다. 차창을 꽉 닫은 채 빠르게 그곳을 벗어났다. 라디오에서는 외출을 자제하고 물과 비타민 C가 풍부한 과일을 먹으라는 안내가 계속됐다. 숙소에 도착하자마자 마스크를 벗어 던지고 입을 헹궈냈다. 2021년 3월 29일, 11년 만에 최악의 황사가 닥친 날이었다. 세제곱미터당 151마이크로그램 이상이면 '매우 나쁨'인 미세먼지 농도는 미세먼지 애플리케이션에서 한때 세제곱미터당 985마이크로그램을 찍었다. 입 안이 텁텁한 느낌이 드는 듯했지만 종일 "조심하세요"를 반복한 뉴스가 만든 기분 탓도 있으리라. 밖에서 꽤 돌아다녔지만 다행히 목도 코도 따갑지 않았다.

〰〰〰

1년 뒤 여름, 그곳은 달랐다. 콧속이 갈라지듯 따갑고 입천장과 목에는 찰흙 덩이가 달라붙은 것 같았다. 재채기를 하면 피가 섞인 콧물이 흘러나왔고 눈을 감았다 떠도 안구가 마른 느낌이 가시지 않았다. 광산에서 나오는 커다란 트럭들은 오갈 때마다 주황빛 먼지를 뿜어댔다. 입에서는 모래인지 중금속인지 알 수 없는 알갱이가 계속 씹혔다.

필터 달린 방진 마스크를 쓴 사람도, 그 공기에 유난히 힘들어하는 사람도 나와 촬영감독뿐이었다. 애초에 미세먼지 농도 측정 장치도 없는 곳에 외출을 자제하라는 경보가 있을 리 없었다. 눈앞에서는 수백 명이 맨손으로 땅을 파고 돌을 깨고 있었다. 그 사이에서 자기 키보다 큰 삽을 든 아이들을 찾기는 어렵지 않았다. 우리를 힐끗 쳐다보는 아이들의 눈은 하나같이 충혈되어 있었다. 조용히 아이들을 향해 카메라를 돌렸다. 그러자 누군가 곤봉으로 내 다리를 툭툭 쳤다. 조금 전에 100달러를 받은 현장 관리인이었다. 나는 콩고 민주 공화국 남부의 광산 도시 콜웨지에 서 있었다. 콜웨지는 아주 먼 미래, 또 아주 먼 과거를 닮아 있었다.

"여기 영화 〈듄〉에서 본 사막 행성 같지 않아요? 모래 폭풍이 막 부는."

함께 간 촬영감독이 고개를 끄덕였다. 드론을 띄워 광산을 내려다보니 사람 수만큼의 구멍 수백 개가 보였다.

"이렇게 보면 큰 연탄 같네요."

"맨손으로 돌을 깨는 걸 보면 석기 시대가 이랬을까 싶기도 하고요."

사람들이 캐고 있는 건 '코발트'였다. 코발트는 독성이 있는 중금속이다. 동시에 무선 IT 기술의 혈액이기도 하다. 스마트폰, 노트북, 무선 이어폰, 무선 청소기부터 전기 자동차까지 거의 모든 무선 전자기기에 들어가는 리튬 배터리의 가장 중요한 원료가 코발트다. 리튬 배터리에 리튬보다 더 많이 들어가는, 21세기의 검은 금이라 불리는 코발트는 세계 생산량의 70퍼센트가 콩고 민주 공화국에서 나온다. 콜웨지의 바닥에 뚫린 숱한 구멍과 매캐한 연기는 이 때문이다. 드론을 띄우면 지름이 수백 미터에 이르는 거대한 구멍들이 보였는데, 모두 외국 자본이 개발한 코발트 광산이었다. 그런 대형 광산 옆에는 항상 '장인 광산(Artisanal mine)'이라 불리는 기묘한 공간이 있었다. 이곳엔 굴착기도, 드릴도 없었다. 사람들은 돌도끼와 문구용 망치 같은 것들로 땅을 파내고 있었다. 콩고 민주 공화국 코발트의 20퍼

광산 마을의 뿌연 먼지

센트가 아무런 장비도, 안전장치도, 고용 계약도 없는 장인 광산에서 생산된다. 부모를 잃은 가난한 아이들이 밥값을 벌기 위해 향하는 곳이 바로 여기였다. 아이들은 보호 장비도 없이 땅굴을 파고 들어가 코발트를 캐고, 맨손으로 중금속을 씻고 있었다. 세계의 전자제품과 전기 차를 작동시키는 건 스마트폰은커녕 연필 한 자루 가져본 적 없는 아이들이었다.

"파란 건 구리고, 검은 건 코발트예요."

내 눈에는 바위 전체가 그저 검어 보였는데 아이들은 분홍빛이 아주 조금 섞인 코발트 원석을 한눈에 찾아냈다. 교실에서 크레파스를 쥐어야 할 아이들이 돈이 되는 색을 골라내는 걸 먼저 배우고 있었다.

사실 코발트 광산의 아동 노동 문제가 세상에 알려진 지는 10년이 넘었다. 이미 콜웨지를 다녀간 해외 언론들이 있었기에 〈환경스페셜〉 출장을 준비하면서도 취재 자체에 별 어려움은 없을 거라 생각했다. 현지인 코디네이터도 나를 안심시켰다.

"광산에 가면 아이들을 촬영할 수 있나요?"

"광산마다 가격표가 있어요. 보통 200달러를 내라고 하는데, 100달러를 더 내면 드론을 날리게 해주는 곳도 있고요. 100달러짜리만 넉넉히 챙겨오세요."

하지만 현장은 예상과 완전히 달랐다. "피 묻은 코발트

혼자 어린이집에도 못 갈 나이의 아이가 코발트 자루를 옮기고 있었다

(Blood Cobalt)"라는 오명에 해외 투자가 줄어들 것을 걱정한 지역 당국은 '아동 노동 금지'가 아닌 '아동 노동 촬영 금지' 정책을 펼치고 있었다. AK-47 소총을 멘 관리인들은 일단 현금을 받고 나면 우리를 따라다니며 아이들을 절대 촬영하지 못하게 했다. 카메라가 아이들 쪽으로 조금만 향해도 그들은 고함을 질렀다. 우리가 아닌 아이들에게. 그런 시도가 몇 번 반복되자 관리인들은 경고의 의미로 코디네이터를 사무실로 데려갔다. 그가 3시간 넘게 붙들려 있는 동안 우리는 차에 들어가서 잠자코 기다려야 했다. 우리가 내리지 못하게 또 다른 감시인이 따라붙었기 때문이다. 그들을 자극하면 촬영을 완전히 접어야 한다는 걸 알기에 얌전히 지시를 따르는 수밖에 없었다. 차창 너머엔 열 살쯤 되어 보이는 아이가 아기를 업고 자기 키만 한 굴속으로 들어가 흙을 퍼내고, 네다섯 살쯤 되어 보이는 아이는 자루에 그걸 담고 있었다. 처음 삽을 든 아이들을 봤을 때 저기 좀 보라며 호들갑을 떨던 우리는 점점 말이 없어졌다. 혼자 어린이집에도 못 갈 나이의 아이가 코발트 자루를 야무지게 옮기는 건 너무 흔한 광경이었다. 깊은 절망감 속에 멍한 기분이 들 때였다. 코디네이터가 차창을 두드렸다.

"킴, 250달러 가지고 빨리 나와요. 지금 손에 있는 장비만 챙겨서요."

오후 담당 관리인은 250달러를 챙긴 후 별다른 간섭을 하

18세 미만의 아동 노동은 콩고 민주 공화국에서도 금지하고 있다

지 않았다. 아이들이 이미 호통 소리에 도망친 뒤라 그랬던 걸까? 낙담해서 차로 돌아가려던 그때, 파헤쳐놓은 흙더미 너머에 쪼그리고 앉은 두 아이가 보였다. 아이들은 인기척에 고개를 돌려 잠시 나를 쳐다보더니 다시 허리를 숙여 하던 일을 계속했다.

모린과 카스는 남매였다. 누나인 모린이 열세 살, 남동생 카스가 열한 살. 아이들 주변에는 어깨까지 오는 자루 수십 개가 담벼락처럼 서 있었다. 어른들이 코발트가 섞인 흙을 자루에 담아 남매에게 가져오면, 잡돌을 골라내고 코발트 알갱이만 다시 자루에 담는 게 남매의 일. 일은 아주 단순했다. 그래서 더 잔인했다. 아침 7시에 광산에 온 아이들은 종일 거름망에 흙을 쏟아붓고, 버려진 페트병을 도구 삼아 흙을 평평하게 고르고, 흙이 담긴 거름망을 물에 적셔 흔들어 씻고, 굵은 모래와 돌을 골라내고, 남은 코발트만 다시 자루에 담는 일을 해 질 녘까지 반복했다. 아기 이불만 한 거름망을 펼쳐 잡고 1000번 넘게 흔들어야 하루 일과가 끝날 터였다. 거름망을 흔드는 남매는 서로의 어깨너머 먼 곳을 바라보고 있었지만 시선이 닿는 곳에는 아무것도 없었다. 두 아이는 표정이 없었다. 무거운 자루를 들 때도, 다 갈라진 손으로 자갈을 골라낼 때도, 습관처럼 코를 홀쩍일 때도 눈과 입은 전혀 움직이지 않았다. 아이들은 울어도 들어줄 사람이 없다는 것을 너무 잘 아는 듯했다.

"모린, 부모님은 어디 계세요?"

"부모님은 우리를 두고 떠나셨어요."

"어디 가셨는데요?"

"돌아가셨어요."

무심하게 대답하던 모린의 입 주변이 떨리기 시작했다. 생각을 다른 데로 돌리려는 듯 손에 든 페트병을 만지작거리던 모린의 눈가에 굵은 눈물이 맺혔다. 그제야 모린은 우리를 올려다보았다. 눈에는 모든 설움과 원망이 담겨 있었다.

"부모님이 돌아가시고 나서는 돈이 없어서 더 이상 학교에 갈 수 없었어요."

"오늘 아침은 먹었어요?"

"아뇨, 아무것도 못 먹었어요."

"저녁에 먹을 건 있어요?"

"저녁을 먹으려면 오늘 일당을 벌어야 해요. 저기 있는 어른들이 일당을 줘요."

카스는 한 발짝 떨어져 여전히 아무 말이 없었다. 울지도, 누나를 달래지도 않았다.

"카스, 괜찮아요?

"여기서 일을 하면 온몸이 아파요. 그래도 다 끝나면 물이랑 음식을 사서 집에 갈 수 있어요."

아이들을 둘러싼 코발트 자루는 감옥과도 같았다. 수십 개의 자루가 오가는 동안 남매에게 말을 거는 이는 없었다. 보통 30개의 자루를 비우고 다시 채우는 일과가 끝나면 남매는 1달러씩을 받는다고 했다. 일을 마친 아이들은 고용주의 집으로 갔다. 고용주는 부모 잃은 남매가 딱해 자신이 거둬 키우고 있다고 했다. 아이들이 종일 씻은 코발트를 가져가고 1달러를 주는 사람이 그 아주머니였다. 카메라를 들고 아이들 옆을 서성이는 우리에게 돈을 요구하고 또 집까지 안내한 것도 그 아주머니였다.

아이들이 고용주에게 준 코발트는 암시장을 거쳐 글로벌 기업들에게 팔려 나간다. 암시장에서 가루가 되어 합쳐지는 순간, 어른이 캔 코발트인지 아이가 캔 코발트인지 아무도 모르게 되는 것이다. 그 코발트로 스마트폰을 만들고, 전기 차를 만드는 건 세계에서 가장 부유한 기업들이다. 동시에 친환경과 지속 가능한 미래를 약속하는 존경받는 기업들이기도 하다. 그곳에서 일하는 건 많은 사람의 꿈이고, 그들이 만든 제품은 많은 사람에게 꿈만 같은 미래를 약속한다.

"카스는 꿈이 뭐예요?"

그때까지 우리와 눈을 마주친 적이 한 번도 없던 아이가 고개를 들었다. 아이의 입가에는 웃음이 스몄다.

"정비사가 되고 싶어요. 자동차를 좋아하거든요."

광산에서 만난 모린과 카스 남매

"자동차를 좋아하는군요. 또 좋아하는 게 뭐 있어요?"

"학교에 가는 걸 좋아했어요."

아이가 웃는 모습에 한결 가벼워졌던 마음이 다시 푹 가라 앉았다.

"모린은 꿈이 뭐예요?"

몇 초의 침묵 뒤 모린은 말했다.

"글쎄요. 정말 모르겠어요."

네다섯 살부터 물가에서 코발트를 씻다가 열 살이 넘으면 쇠꼬챙이로 바위의 코발트를 깎고, 중학교에 갈 나이가 되면 밧줄 하나 없이 20미터 깊이의 땅굴로 들어가는 게 아이들 앞에 펼쳐진 미래였다. 땅굴에서는 하루가 멀다 하고 붕괴 사고 소식이 들려왔다. 땅굴이 무너져 목숨을 잃고, 운이 조금 따르면 다리를 잃거나 중금속 중독으로 시력을 잃어가는 게 이곳의 현실이었다. 마을 우물에서는 이웃 마을의 12배가 넘는 코발트가 검출됐다. 지역 보건학자들은 광산 마을의 기형아 출생 비율이 다른 마을보다 5배나 높다고 했다.

지난해에만 17억 대의 휴대폰이 팔렸다. 하루도 빠지지 않고 400만 대가 팔린 셈이다. 매년 9월이면 어김없이 새 모델이 출시된다. 내년에도, 내후년에도 그럴 것이다. 그럴수록 콜

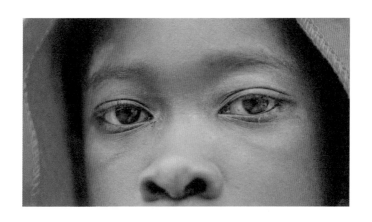

카스의 충혈된 눈과 갈라진 손

웨지의 땅은 더욱 깊게 파헤쳐지고 강물의 독성은 높아지고 아이들은 더 일하고, 또 아파야 할 것이다. 다음 세대를 위해 환경을 보호해야 한다는 내 생각은 오만한 것이었다. 이미 아이를 위한 지구는 없었다.

콜웨지에서 2주를 보내고 떠나는 날, 비로소 나는 스무 살에 시작한 내 여행의 첫 챕터를 닫았다. 지금껏 여행으로 남 눈치 안 보고 자유롭게 사는 건 충분히 배웠으니, 이제 책임 있는 어른이 되자. 지속 가능한 삶을 약속하는 새하얀 기기가 아니라 아이들의 빨간 눈을 기억하고 알리자. 맑은 물과 상쾌한 공기와 푸른 나무를 싫어하는 아이는 없다. 그게 필요하지 않은 아이도 없다. 좀 더러워도 되는 마을과 좀 아파도 되는 아이는 없다. 깨끗한 환경과 건강이 취향이나 특권이 되어서는 안 된다. 그것이 코발트 먼지처럼 뿌예진 머릿속에 담아온 이 여행의 감상이었다.

모린과 카스를 생각하면, 지금도 그 아이들을 배불리 먹이고 푹 재우고 한번 꼭 안아주고 싶다는 생각뿐이다. 하지만 그렇게 해도 여전히 수만 명의 아이들이 광산에 남아 있다. 그래서 나는 힘닿는 한 〈지구는 없다〉 시리즈를 계속 만들 생각이다. AI가 사람처럼 소설을 쓰고 화성을 거주지로 개발하는 시대를 떠받치는 건 가장 가난하고 어린 아이들이라는 걸 알릴 것이다.

사람 사는 건
다 똑같아

꽉 막힌 암리차르 시내를 벗어나자 정체도 풀렸다. 잠깐 눈을 붙일까 하는데 차창 너머로 커다란 회색 물체(?)가 보였다. 코끼리 다리였다. 사람을 태운 코끼리는 2차선에서 반듯하게 걷고 있었다. 교차로에 다다르자 코끼리는 비보호 좌회전을 하며 우리 차 앞을 지나쳐 갔다.

"코끼리가 왜 도로에 있는 거예요?"

"꽃목걸이를 한 걸 보니 행사 한판 뛰러 가나 보네요."

코디네이터는 심드렁하게 대답했다.

〈걸어서 세계 속으로〉 PD에게 너무 조용하고 평화로운 곳은 어쩐지 불안하다. 소리도, 움직임도 없는 풍경은 좋은 음악을 깔아도 1분 이상 보기 힘들다. 이건 예술 영화가 아니니 채널이 돌아가지 않게 해야 한다. 힐링만큼 중요한 건 '그림'이 되는 현장이다. 그런 면에서 인도는 아주 고마운 곳이었다. 일단 사람이 많았다. 게다가 사방에서 신기한 일이 터지고 있어 카메라만 갖다 대면 분량이 쏙쏙 뽑혔다.

분량 천국의 하이라이트는 80년 역사의 '킬라 라이푸르 운동회'였다. 이 축제는 농민들의 힘겨루기를 위해 시작되었다는데, 실제 종목을 보면 고개를 갸우뚱하게 하는 것이 많았다. 낡은 콜라병 하나를 바닥에 세워놓고 한 손으로 잡아 물구나무를 서는 사람, 타이어 16개를 몸에 끼우는 사람, 입으로 차를 끄는 사람, 그런 것은 진부하다며 머리카락으로 차를 끄는 사람까지. 뭐라고 불러야 할지도 모를 경기들이 이어졌다. 하지만 이런 것만을 찍으려고 인도에 간 것은 아니었다. 인도를 기인들의 나라로 그린 프로그램은 수도 없이 많은데, 그 목록에 구태여 하나를 더 보태고 싶진 않았다. 분명 제대로 소개되지 않은 인도의 모습도 있을 터였다. 출장을 준비하며 지도를 펼쳐놓고 〈걸어서 세계 속으로〉에서 가지 않은 지역을 찾다 보니 북서부의 펀자브 지방이 눈에 들어왔다.

펀자브 지방의 대표 도시 암리차르는 수도 뉴델리에서 450킬로미터 떨어져 있다. 인도를 잘 모르는 내가 봐도 암리차르는 뉴델리와 확 달랐다. 일단 동그랗고 커다란 터번을 쓴 사람들이 거리에 가득했는데, 바로 세계 5대 종교인 시크교를 믿는 사람들이었다. 시크교도들은 카스트 제도를 부정한 창시자의 뜻에 따라 거리의 상인도, 법복을 입은 판사도 모두 똑같이 터번을 쓰고 있었다. 게다가 시크교도는 항상 5가지를 몸에 지녀야 한다. 자르지 않은 머리카락, 나무로 만든 머리빗, 쇠로 만든 팔찌, 단검, 속바지가 그것이다. 나는 거리에서 만난 시크교도 가족에게 온갖 유치한 질문들을 쏟아냈다.

"여권 사진을 찍을 때도 터번을 쓰나요?"

"물론이죠."

"비행기 탈 때는 단검을 가져가면 안 되겠죠?"

"종교적인 이유로 예외가 인정됩니다."

"여자도 칼을 지니고 있나요?"

"네, 여자아이들도 칼싸움을 배웁니다. 우리는 카스트 제도와 남녀 차별을 반대합니다."

또 하나 신기한 것은 다들 똑같은 성을 쓴다는 사실이었다. 시크교도 남자는 전부 '싱', 여자는 전부 '카우르'였다. 같은 가르침을 따르는 모두가 평등하고 서로를 가족이라 생각하기 때문이라 했다.

▲ 어떤 옷을 입든 터번은 꼭 써야 한다
▼ 물에 몸을 담글 때도 터번을 쓰고 단검은 터번에 꽂는다

암리차르를 '시크'한 도시로 만드는 건 이뿐만이 아니다. 도시의 중심에는 500킬로그램의 순금으로 덮인 황금 사원이 존재감을 뽐내고 있다. 이곳은 2500만 시크교도가 죽기 전에 꼭 가보고 싶어 하는 성지다. 많게는 하루에 10만 명이 방문하는데, 그 유명한 타지마할 방문객보다 더 많은 숫자다. 황금 사원은 세계 최대 무료 급식소와(매일 10만 명분의 커리를 만든다) 무기한으로 머물 수 있는 무료 숙소로도 유명하다.

황금 사원의 정식 명칭인 '하르만디르 사히브'는 '신의 집'을 뜻한다. 하지만 이곳엔 신을 그린 그림 하나 없다. 시크교도들은 신을 모시지도, 인간을 따르지도 않는다. 300년 전 마지막 구루가 죽은 이래 오로지 그의 가르침만 따를 뿐이다. 그런 이들이 모시는 건 책, 즉 구루의 말씀이 적힌 경전이다. 황금 사원에서는 성스러운 연못 위 가장 밝게 빛나는 본당에 이 경전을 모셔놓고 있다. 사람들은 오직 그 책을 향해서만 고개를 숙인다.

"책이 당신에게 무얼 가르쳐주나요?"

"성실히 살고 가진 걸 나누면 누구나 신을 만날 수 있다는 걸 가르쳐주죠."

"왜 하필 책인가요?"

"좋은 가르침은 다 경전에 있는데 그 말씀을 전하는 누군가를 보겠다고 구름처럼 따라다닐 필요가 있나요? 성상을 만들어서 절을 할 필요가 있나요?"

▲ 시크교 구루의 가르침이 담긴 경전
▼ 시크교도들의 성지, 황금 사원

시크교도의 시크한 대답에 설득당해버렸다. 가장 종교적인 장소에서 가장 실용적이고 이성적인 생각을 하는 게 그들이었다.

이 성스러운 책을 모신 사원은 담이나 벽으로 둘러싸여 있지 않다. 동서남북으로 난 4개의 문은 성별, 종교, 계급과 상관없이 모두를 환영한다. 입구의 '무료 휠체어 서비스'라는 표지판이 눈길을 끌었다. 다만 경비대원이 자기 키만 한 뾰족한 창을 들고 두발 검사를 하고 있었다. 꼭 시크교도의 터번을 쓸 필요는 없지만 갓난아기도 머리를 가려야 사원에 들어갈 수 있었다. 신발도 벗어야 했다.

"우리의 사원에는 신발, 담배, 술과 같은 것들을 들일 수 없어요. 모두가 지켜야 할 금기 사항이죠. 또 술을 마신 사람도 사원에 들어오지 못하게 막고 있어요. 하지만 이곳은 모든 종교의 사람들에게 항상 열려 있답니다."

사원은 인파로 붐볐고, 긴 스카프를 머리에 쓴 채 맨발로 쉴 새 없이 사람들과 옷깃을 스쳐야 했다. 하지만 이상하게도 쾌적했다. 저마다 다른 기하학적인 무늬로 장식된 대리석 바닥은 응당 신발을 벗어야 할 만큼 아름다웠고, 경전을 읊는 사람들과 함께 연못을 건널 때는 머리를 가리고 그들의 믿음에 존중을 보내고 싶었다. 본당을 둘러싼 연못, 연못을 둘러싼 대리석 바닥에 이르기까지 어디든 기도하는 사람이 가득했다. 힌두

▲ 어린아이도 머리카락을 가려야 사원에 들어갈 수 있다
▼ 하지만 이곳은 모든 종교의 사람들에게 항상 열려 있다

교도와 시크교도, 그리고 나 같은 관광객들이 아무렇게나 섞여 앉았다. 경전을 읊는 소리가 리듬에 더해지고 나는 눈을 감은 채 두 손을 모았다. 하나도 알아들을 수 없었지만 알 수 있었다. 이곳이 누구에게나 열린 곳임을. 이 사원의 성스러운 공기는 거기서 뿜어져 나왔다. 다른 믿음을 가진 사람들이 바닥에 함께 앉아 각자의 방식으로 각자의 신에게 기도를 하고 있었다. 파란 하늘과 시원한 공기 아래 통통 튀는 물방울처럼 경쾌한 음악을 들으니 '아, 이곳에 와보길 참 잘했다'는 생각이 들었다. 유난히 큰 시크교도의 터번이 귀여운 딤섬 바구니처럼 친근하게 느껴진 건 그때부터다.

사실 황금 사원은 참혹한 종교 전쟁이 벌어졌던 곳이다. 1980년대 시크교도들이 분리 독립을 추진하자 힌두교를 중심으로 나라를 이끌던 당시의 인도 정부는 무력 진압을 감행했다. 그 과정에서 황금 사원은 파괴되고, 시크교도 수천 명이 목숨을 잃었다. 하지만 진압을 명령한 인도 총리도 몇 달 뒤 암살당했다. 시크교도인 경호원들의 복수였다. 그 비극이 벌어진 게 겨우 40년 전인 걸 생각하면, 이토록 종교색이 짙은 장소에서 종교를 따지지 않는다는 것이 놀랍다.

비단 시크교도와 힌두교도만의 문제도 아니다. 암리차르는 파키스탄에 접한 국경 도시인데 영국에서 독립하던 당시 이슬

람교도는 파키스탄 쪽으로, 시크교도는 인도 쪽으로 이동하며 영토와 인구를 두고 엄청난 피를 흘려야 했다. 접경 도시를 오가는 기차가 피범벅이 되는 갈등 속에 100만 명이 넘는 사람이 목숨을 잃었다. 그러니 이슬람교도도 환영한다는 시크교도의 본산이 신기할 수밖에.

교회를 다니는 사람이 절에 가서 십자가를 쥐고 기도를 드리는 건 왠지 이상하다. 불교 신자가 교회에서 조용히 반야심경을 읊조리는 것도 상상하기 힘들다. 하지만 이 성스러운 사원은 신기하리만치 관대했다. 이미 다 깨달은 자의 여유랄까. '네가 무얼 믿든 상관없어'라는 초연한 공기는 오히려 이들의 믿음에 고개를 숙이게 했다. 허리엔 칼을 차고, 공항에서도 터번을 벗지 않고, 책을 신으로 모시며 절을 하는 사람들. 이해하기 힘들 만큼 특이한 것을 찾아간 여행은 묘하게 설득되어 고개를 끄덕이며 끝났다. 그리고 한국으로 돌아온 나는 또다시 식상한 내레이션을 쓰고 있다.

"자연과 더불어 살아가는 사람들."

"삶을 즐길 줄 아는 흥겨운 사람들."

"겉으론 무뚝뚝해 보이지만 정이 많은 사람들."

"전통과 문화를 지켜가는 용기 있는 사람들."

〈걸어서 세계 속으로〉의 예고편에 클리셰적으로 등장하는

나를 반겨준 시크교도 가족

문장이다. 나라가 달라져도 매주 똑같아 보이는 〈걸어서 세계 속으로〉의 내레이션은 고민 없이 원고를 휘갈겨 쓴 PD의 게으름 때문일까? 아니, 오히려 반대. 편집을 끝낸 영상을 돌려 보며 새로운 걸 써보겠다고 밤새 고민에 고민을 해도 "이방인을 환영하는 따뜻한 사람들"이라는 말이 꼭 나오고 만다.

자연을 싫어하는 민족이 있을까? 기쁜 자리에 춤과 노래를 금지하는 문화가 있을까? 힘겹게 지켜오지 않은 땅이 있을까? 아름답고 비옥한 땅에는 언제나 굴곡진 역사가 있게 마련이다. 어떤 종교를 가졌든, 어느 마을을 가든 "손님을 극진히 대접하는 건 우리의 전통입니다"라고 한다. 여기저기 돌아다닐수록 '사람 사는 건 다 똑같다'는 허무한 결론에 이르고 마는 것이다.

~~~~~

"누구나 여행 콘텐츠를 쉽게 만드는 시대에 〈걸어서 세계 속으로〉를 계속 만드는 이유가 있나요?"

어떤 강연에서 받은 질문이다.

"지구인이라는 큰 도서관에 책을 한 권씩 채운다는 생각으로 프로그램을 만들고 있습니다."

물론 지극히 개인적인 생각이다. 〈걸어서 세계 속으로〉를 거쳐 간 많은 선배가 어떤 마음으로 이 프로그램을 17년간

이어오셨는지는 모르겠다. 내가 이 프로그램에 들어왔을 때는 이미 도서관에 1300권의 책이 꽂혀 있는 셈이었다. 때론 어설프고 기대와 다른 날도 많았겠지만, '이 시대 평범한 한국인'이 주마간산으로 엿본 1300개 도시의 삶이 그렇게 기록되었다. 수많은 사람이 카메라를 보고 엄지를 들어 보였을 것이고, "웰컴 투"나 "아이 러브"로 시작하는 환영 인사를 해주었을 것이다. 별다를 것도 없는 가족들 밥 먹는 게 궁금하다니 반찬이라도 하나 더 꺼냈을 것이고, 잔칫날 한 번 부르고 말 노래를 두 번 세 번 불러주며 카메라 든 PD에게 음식을 먹여주곤 했을 것이다. 내 프로그램의 애청자인 엄마는 말했다.

"브라질 가면 총 맞는다고 조심하라고 하더만, 네가 간 데는 그런 거 없었나 보네. 노래도 잘하고 춤도 잘 추고 재밌더라."

"인도가 엄청 위험하다더만 사람 사는 데는 다 똑같네. 참 사람들이 순해 보이네. 보니까 한번 가보고 싶더라."

그럼 됐다. 그게 내가 하는 일이다. 시청률이 나오지 않을 게 뻔한 마을을 구태여 찾아가서 '사람 사는 건 다 똑같네'라는 허무한 결말을 얻어오는 것. 어쩌다 느슨한 인연이 닿아 동시대를 살아가는 지구인들의 삶을 기록하고, 그들도 우리와 똑같이 먹고사는 인간이라는 이해를 한 발짝 넓혀가는 것. 누군가 토요일 아침에 생전 처음 듣는 도시의 사람들을 보며 빙긋이 웃게 만드는 것. 언젠가 '만나보고 싶은' 동시대 지구인의 책을 한 권씩 만들어 도서관을 채우는 것. 그게 나의 일이다.

그것이 궁금하다,

〈걸어서 세계 속으로〉

인터뷰 성공 법칙

찌든 표정에 등산복 차림을 보아하니 여행 유튜버는 아니다. 핸디 캠만 든 걸 보니 유명한 방송일 리도 없다. 여행 프로그램을 만드는 한국인이라는데, 이게 어디에 어떻게 나올 줄 알고? 그런데도 꽤 많은 지구인이 엉겁결에 〈걸어서 세계 속으로〉에 출연한다. 여기가 얼마나 멋진지 얘기하고 엄지도 들어 보인다.

PD와 코디네이터도 사람인지라 인터뷰를 거절당하면 상처받는다. 설상가상 그런 경우 옆에 있던 사람도 도망가 버리기 때문에 인터뷰를 잘해줄 만한 사람을 한 방에 찾는 것이 중요하다. 아래는 그간의 경험을 정리한 것으로 과학적 근거는 전혀 없다.

그냥 인터뷰가 쉬운 곳

이과수폭포처럼 대놓고 관광지인 곳에서는 인터뷰가 아주 쉽다. 일단 놀러 나온 사람들은 기분이 좋다. 애초에 개인 공간이라 할 게 없는 번잡한 곳이라 "찍지 마세요" 하며 프라이버시를 따지는 이도 없다.

이미 얘기하고 있는 사람

사색에 빠져 있는 분들을 귀찮게 할 필요는 없다. 이미 친구들과 떠들썩하게 수다를 떨고 있거나 셀카 봉을 들고 깔깔 웃는 사람들을 공략하는 편. 미국인 관광객은 실패한 적이 없다. 스페인어가 들려도 일단 접근한다. 대부분 활짝 웃는 얼굴에 낯선 사람에 대한 경계가 적다.

귀여운 아이

카메라를 향해 적극적으로 포즈를 취하는 아이들이 가끔 있다. 그러면 조심스레 부모님께 다가간다. 아이가 너무 귀여운데 지금 기분이 어떤지 좀 물어봐도 되겠냐고 하면 거절하는 부모님은 거의 없다. 아이들은 그냥 너무 사랑스러우니까!

같이 놀던 사람들

액티비티를 하러 가서 줄을 설 때부터 주변 사람들에게 말을 건다. 스노클링을 하고 나서 인터뷰를 받으려면 입수 전에 우선 친해지는 게 좋다. 이때 물속에서 액션캠으로 촬영한 것을 보내준다고 하면 더 좋다. "좋아요", "신나요" 이상의 인터뷰를 받으려면 약간의 친분이 필요하다.

친애하는 인도인 여러분

인도 펀자브 지방에서는 현지인들이 촬영에 호기심을 갖고 먼저 말을 걸어와서 인터뷰가 정말 쉬웠다. 시골 축제에 갔을 때는 현지 방송사가 거꾸로 인터뷰를 요청하기도 했다. 언제든 인도인이 인터뷰를 해달라고 하면 랩이라도 해줄 거다.

호기심 많은 독일인

아르헨티나에서 만난 독일인, 에스토니아에서 만난 독일인 딱 2명으로 성급한 일반화를 해보자면, 독일에서 오신 분들은 진지한 호기심을 갖고 있다. 방송의 주제가 뭔지, 이걸 왜 찍는지, 자기에게 궁금한 게 뭔지 꽤나 꼼꼼히 물어본다. 처음에는 방송에 나오는 것을 탐탁지 않아 하는 것 같은데 막상 인터뷰를 시작하면 굉장히 깊은 답변을 해준다. 역으로 질문을 하기도 한다.

좋아요, 멋져요, 그리고

관광객이 "좋아요", "멋져요" 하는 건 당연하다. 하지만 그걸로 인터뷰를 끝내지 않고 대화를 이어 나가려고 한다. 날씨가 이렇게 별론데 어쩌다 여기까지 오셨어요? 당신의 나라와 이곳 문화는 어떤 차이가 있나요? 시크교 복장을 하고 있는데 왜 불교 사원에 온 거예요? 저는 이 축제가 언제 끝날지 좀 걱정인데 당신은 얼마나 더 있을 생각이에요? 예상 답안을 비껴가는 현장만큼 재미있는 것도 없으니까.

2장 내 여행의
이유

내 여행의 이유,
장미 밭의 철수 씨

"Typhoon came."(태풍이 왔어.)

"Time for cake?"(케이크 먹을 시간이라고?)

어이없어 웃음이 나고 답답함에 가슴을 치며 함께 보낸 시간이 어느덧 8년. 남편은 대책 없는 사람이다. 덩달아 절망도 없는 그 이름 야니스 로젠펠즈. '야니스(Janis)'가 라트비아에서 가장 흔한 남자 이름이고, '로젠펠즈(Rozenfelds)'는 독일어로 장미 밭을 뜻하니 남편의 이름은 '장미 밭의 철수'쯤 된다. 남편을 보면 정말 아무 생각 없이 꽃밭을 뛰어다니는 철수가 떠오른다. 초등학교 교과서 '즐거운 생활'에 나올 법한, 시종일관 어딜 보는지 알 수 없는 웃음에 손나팔을 불며 뛰어다니는 행복한 철수. 1988년 소비에트 연방에서 태어난 이 남자는 나와 비슷한 구석이 하나도 없다.

-나는 교환을 어려워하고, 남편은 환불도 잘 받아온다.

-나는 남편의 여권 번호를 외우고, 남편은 내 전화번호도 못 외운다.

-나는 영수증을 확인하고, 남편은 입장권을 모은다.

-나는 병원 가는 게 귀찮고, 남편은 간지럽기만 해도 병원에 간다.

-나는 물건에 미련이 없고, 남편은 버리지 못할 이유를 찾는다.

-나는 가게 주인과 아는 사이가 되는 게 부담스럽고, 남편의 모든 친구는 가게 주인이다.

-나는 웃기는 걸 좋아하고, 남편은 잘 웃는다.

-나는 여행을 계획할 때 남편의 의견을 묻지 않고, 남편은 나의 계획을 궁금해하지 않는다. 남편은 어딘지도 모르고 따라나선 여행에서 늘 즐거워하고, 나는 그걸 보기 위해 비행기를 예약한다.

우리의 만남은 시작부터가 대책 없는 '여행'이었다. 졸업 전 마지막 학기, 야니스는 여행 삼아 3개월짜리 교환학생으로 한국에 왔다. 마침 그가 다니는 학교의 외국인 학생 지원 부서에서 내 친구가 근무하고 있었다. 우리가 처음 만난 건 친구의 초대로 들른 교환학생 환영 행사였다. 첫눈에 반한 운명적 사랑 같은 건 없었다. 낯선 사람과 대화할 때마다 시작과 동시에 출구 전략을 고민하는 나, 어떤 출구 전략도 튕겨내버리는 폭풍 리액션의 야니스. 우리는 편의점 옆 골목길로 향하는 계단에 앉아 한참 동안 대화를 나눴다. 무슨 얘기를 했는지는 기억나지 않는다.

"아, 거참 시끄러우니까 다른 데 가서 얘기해요!"

담벼락 너머로 고개를 내민 낯선 목소리에 놀라 올려다보니 어느새 푸릇푸릇 밝아오던 새벽하늘만 기억난다. 우리는 첫차를 타고 각자 갈 길을 갔다. 당시에도 대책 없던 야니스는 한국 휴대폰 번호도 없었다. 페이스북 아이디라도 있었으니 지금 이렇게 결혼을 하고 열세 자리 외국인 번호를 받아 서울 영등포구에 살고 있는 것이다.

"아침에 〈인간극장〉 보니까 한국 처자랑 결혼한 네덜란드 남자 나오던데, 사람 참 좋아 보이더라. 너도 좀 그렇게 큰 나라 사람 만나지 왜. 라트비아는 어디 있는지 아무도 모르잖아."

"엄마, 라트비아가 네덜란드보다 커."

남자친구라고 처음 집에 데려간 남자가 라트비아 사람이라니 엄마는 당황스러웠나 보다. 거기가 어딘데? 어쩌다가? 왜? 엄마, 나도 몰라. 나도 라트비아 사람을 찾아서 만난 게 아니야. 늘 말하지만, 나도 이 나라 사람을 본 게 처음이라고.

당시는 주한 라트비아 대사관이 생기기도 전이었다. '라트비아'라는 글자를 뉴스든 서점이든 한국에서 볼 일이 없었다. 첫 만남에서 그가 국적을 말해줬을 때 나 역시 "라트비아?" 하고 되물었다. 그러곤 그 몇 초 사이에 뭐라고 아는 척을 좀 해줘야 속상해하지 않을까 열심히 머리를 굴렸지만, 아는 게 있어야 아는 척을 하지. 그땐 몰랐다. 태어나 처음 만난 라트비아인과 결혼을 하고 〈걸어서 세계 속으로〉 라트비아 편을 찍게 될 줄. 전 세계 남자 중 0.02퍼센트밖에 안 되는 라트비아 남자를 찾아 결혼했으니, 약간의 책임감(?)을 갖고 시댁이 있는 작고 소중한 나라에 대해 조금 아는 척을 해보려고 한다.

-키가 크다. 라트비아 여자의 평균 신장은 170센티미터로 세계 1위다.
-사람이 없어도 너무 없다. 인구 밀도가 한국의 17분의 1이다. 수도에도 사람이 없다. 수도 인구 60만, 전체 인구 190만. 어디서 사진을 찍든 무섭도록 배경에 아무도 없다. 지하철도 없다. 남편이 말하기를, 지하철 탈 사람이 없단다.

▲ 라트비아의 흔한 풍경
▼ 라트비아에서 온 야니스

-한국에서 지리적으로 가장 가까운 EU 국가 중 하나다. 한
반도와 라트비아 사이에는 딱 한 나라, 러시아뿐이다.

-국토의 53퍼센트가 숲이고 3000개의 호수가 있어 사방이
초록초록한데 산은 거의 없이 평평하다. 시골 전망대에서
사진을 찍으면 뒤가 그냥 초록색 나무로 빽빽한 벽처럼 나
온다.

-사우나에 진심이다. 대학에 사우나 전공이 있고, 강 위를
떠다니는 선상 사우나도 있다.

-공기가 너무 맑으면 머리가 띵할 수 있다는 걸 처음 알게
해준 나라다.

-버섯 따기, 베리 따기가 진지한 취미로 여겨지고, 라트비아
어 회화 교재 취미 파트에 '필수 동사'로 나온다. 그런데 역
시나 인구가 적어서인지 지천에 귀한 블루베리가 널려 있고,
공짜로 따도 되지만 숲에서 사람 구경하기가 쉽지 않다.

-내가 라트비아를 부르는 애칭은 '썰매국'이다. 루지, 스켈레
톤, 봅슬레이 등 썰매 종목 세계 챔피언을 보유한 국가다.
정식 경기가 열리지 않는 여름에는 봅슬레이 경기장에서
체험 탑승도 가능하다. 라트비아에서 만든 썰매는 세계적인
선수들에게 사랑받는 명품으로, 평창 올림픽에서 은메달을
딴 우리나라 봅슬레이 대표팀도 자동차 회사에서 큰돈 들
여서 연구해 만든 썰매 대신 라트비아산 썰매를 타고 경기

에 나섰다.

-수도인 리가에서는 "꽃집이 문을 닫았다"는 핑계가 통하지 않는다. 24시간 편의점이 아니라 24시간 꽃집이 있고, 라트비아에 입국한 세 번 모두 시아버지가 공항에서 꽃을 한 다발 들고 나를 기다리고 계셨다.

-수도 리가 인구의 약 35퍼센트가 러시아인이다. 라트비아가 1991년에 소비에트 연방으로부터 독립한 것을 생각하면 30년간 상당히 껄끄러운 동거 중. 러시아인들이 가는 학교와 가게가 따로 있다. 1988년생인 남편은 어릴 적 러시아인이 많은 동네에서 자랐는데 골목에서 러시아 형들에게 맞지 않기 위해 러시아어를 배우게 됐다고 한다.

-'이름의 날'이 생일만큼 중요하다. 우리나라와 달리 남녀 이름은 대부분 음식점에서 메뉴 고르듯 전통적으로 내려오는 이름들 중 고르기 때문에 가족 안에서도 똑같은 이름이 흔히 사용된다. 라트비아에서 'Janis(야니스)'라는 이름을 가진 사람은 우리나라에서 김씨 성을 가진 사람만큼 흔하다. 또 각 이름마다 그 이름을 축하하는 '이름의 날'이 있다. 'Janis의 날'은 매년 6월 24일로, 이날은 모든 야니스가 파티를 하고 공짜 술을 마시며 밤새 논다. 심지어 모든 이름들의 날이 표기된 '이름의 날' 달력도 있다.

라트비아 수도 리가의 중심지

지금은 이렇게 라트비아에 대해 별걸 다 알고 있지만, 남편을 처음 만났을 때만 해도 라트비아는 생소했고 우리의 만남은 예정된 3개월 시한부였다. 나는 KBS에서 4년 차 PD로 일에 꽤 만족하고 있었고, 건국대 어학원에서 가나다를 배우던 야니스는 3개월 뒤면 코펜하겐의 대학교로 돌아가 덴마크 영주권을 신청할 수 있는 상황이었다. 덴마크 영주권이라니! 복지의 국가, 행복의 국가, 북유럽 파라다이스의 상징인 덴마크 아닌가. 게다가 야니스의 전공은 디자인, 말해 뭐 해? 앞날은 밝고 돌아가지 않을 이유는 없었다.

나도, 그도 미래를 입에 담지 않았다. 봄이 오기 전에 우리는 헤어질 테니까. 그가 상상하는 서른 살에 내가 있는지 굳이 물어 확인하고 상처받고 싶지 않았다. 거의 매일 만나는 동안 두 번의 계절이 바뀌었지만, 나는 깊어지는 감정을 외면했다. 단풍 구경쯤은 누구와든 같이 갈 수 있으니까, 이 나이엔 금방 만나고 또 헤어지니까 하며 '과몰입 방지'를 스스로 되뇌었다. 대신 내일 헤어져도 놀랍지 않았던 우리는 늘 오늘이 마지막인 것처럼 정성을 다해 놀고 웃었다. 다투고 울기엔 남은 시간이 너무 적었다. 그러다 결국 12월이 오고 말았다.

우리 여행의 시작과 끝,
일본

　예정된 이별을 앞둔 12월, 야니스와 함께 첫 여행을 떠났다. 목적지는 비행깃값이 저렴했던 일본 나고야. 구글 지도에서 나고야 지역을 확대해보니 북쪽에 낯익은 동네 다카야마가 보였다. 몇 년 전 고독사 다큐멘터리를 만들 때 출장 갔던 마을로, 첩첩산중에 눈이 너무 많이 와 일찌감치 고독사가 사회 문제로 대두된 곳이었다. 한편으로는 에도 시대의 가옥들이 잘 보존되어 있어 작은 교토라 불리는 곳이었지만, 출장 중에 그런 걸 볼 여유는 없었다.

　다카야마에 도착해 에도 거리로 나서자 나지막한 산 아래 폭 안긴 마을엔 짙은 고동색의 반듯한 집들이 어깨를 맞대고 있었다. 그 위로 동글동글한 눈이 '퐁퐁' 내려앉았다. 야니스가 말했다.

"크리스마스 마을이잖아?"

"이보세요. 에도 시대의 마을입니다. 크리스마스가 있었을 리 없잖아?"

그런데 볼수록 고개가 끄덕여졌다. 마을 뒷산을 빼곡히 채운 삼나무엔 하얀 눈가루가 발려 있었다. 50센티미터가 넘는 눈을 지붕에 이고 있는 집들은 진한 가나슈 위에 부드러운 생크림을 올려놓은 크리스마스 케이크처럼 보였다. 새하얀 바닥을 미끄러지듯 걸으며 우리는 이 케이크, 저 케이크를 드나들었다. 마치 크리스마스카드 안에 들어온 기분이었다. 가게 창문에 붙은 '두상주의', '낙설주의' 손글씨마저 낭만적으로 느껴지는 날이었다.

야니스는 처음 런던에 도착했던 스무 살의 나처럼 눈을 빛내며 사진을 찍어댔다. 두 요괴상이 마주 보고 있는 미야가와 강의 다리, 작은 간판들이 고개 돌려 누가 오나 바라보는 좁은 골목까지 별것 아닌 일에 즐거워하는 동행과 함께 걷다 보니 나에게도 신기한 것들이 보였다.

"이 마을은 모두가 자기만의 지붕을 갖고 있네."

허리까지 오는 가게 앞 입간판은 머리 위에 같은 색의 지붕을 단정히 쓰고 있었다. 공중전화 부스도 너비에 꼭 맞는 지붕

크리스마스카드 같던 다카야마 풍경

을 이고 있었다. 고만고만한 이층집, 삼층집들이 옹기종기 모여 소복하게 내린 눈을 함께 맞는 곳. 다카야마는 그렇게 귀엽고 정다운 마을이었다. 하늘이 낮고 뿌옇게 졸린 날씨를 좋아하게 된 것도 그날부터였을 거다.

여행의 마지막 날, 폭설로 대부분의 버스가 운행을 중단했지만 다음을 기약할 수 없는 우리는 어디든 가고 싶었다.

"근교로 운행하는 버스는 없나요? 1시간 내로 갈 수 있는 곳이면 어디든요."

"일본 북알프스산맥(히다산맥)을 볼 수 있는 전망대가 있는데 그 길은 아직 막히지 않았어요."

그렇게 우리는 신호타카 로프웨이로 가게 됐다. 평소에는 길게 줄을 늘어선다는 곤돌라는 텅 빈 채로 생각 없는 손님, 즉 우리를 기다리고 있었다. 30명은 족히 탈 수 있을 것 같은 곤돌라에는 아무도 없었다. 올라가는 동안에 보이는 건 산을 온통 덮어버린 새하얀 공기뿐이었다. 곤돌라는 우리를 해발 2156미터의 니시호다카구치에 내려놓았다. 정류장의 뷰 포인트라는 곳에 서서 사방을 둘러보니 너무하다 싶을 만큼 아무것도 보이지 않았다. 하지만 불만을 털어놓기엔 우린 시작한 지 얼마 되지 않은, 곧 끝날 연인이었다. 그저 북알프스는 이 남자와 볼 팔자가 아닌가 보다 했다.

▲ 눈 오는 날의 곤돌라를 좋아하세요?
▼ 아무것도 보이지 않던 신호타카 전망대

곤돌라 정류장에서 외부 전망대로 향하는 유리문에는 "발을 내디딜 때 조심하세요. 발이 얼 수 있습니다"라는 경고문이 붙어 있었다. 스타킹에 니트 부츠를 신은 발을 내려다보며 걱정하는 사이 신이 난 야니스가 문을 열어젖혔다. 정확히 내 키만큼 쌓인 눈들 사이로 미로처럼 길이 나 있었다. 우리는 누가 먼저랄 것도 없이 달려가 눈밭에 누웠다. 눈앞에 움직이는 거라곤 우리의 입김뿐이었다. 우리 둘뿐인 눈밭에선 발목을 조금만 움직여도 그 소리가 또렷하게 들렸다. 팔과 다리를 쭉 뻗어 기지개를 켜보았다. 태어나 만져본 가장 부드럽고도 쫀득쫀득한 눈이었다.

눈의 미로를 달리며 우리는 어린아이가 되어 미끄러지고 넘어지며 웃어댔다. 추워야 하는데 포근했다. 메고 있던 가죽 가방에서 물이 뚝뚝 떨어지자 야니스가 말도 없이 가방을 가져가 자기 어깨에 멨다. 그러고는 자신의 목도리를 풀어 내 목에 둘러줬다. 그는 그런 사람이었다. 필요 없는 건 자기가 다 가져가고 필요한 건 나에게 몰아주는 대책 없는 사람. 몸을 낮춰 목도리의 매듭을 야무지게 묶는 그 모습을 한참이나 바라봤다. 이 사람을 어떻게 보내지? 한 달 뒤면 이렇게 쳐다보는 것도 끝이구나. 아주 많이 보고 싶을 것 같다. 내 눈이 그를 바라보는 가장 행복한 순간, 내 마음은 이미 이별 중이었다. 그런 거지 뭐, 인생은.

다카야마로 돌아와 발자국 소리만 나던 텅 빈 동네를 걸었던 그 밤. 그때는 이게 우리의 처음이자 마지막 여행이라 생각했다. 덴마크에 가면 어쩔 생각이야? 한 번도 묻지 않았다. 굳이 상처가 될 수도 있는 말을 직접 듣고 싶지도 않았다. 항상 최악의 상황을 염두에 두고 마음의 준비를 하는 데 익숙해졌던 것일까. 그러면서도 신사에 들러 원숭이상 '사루보보(원숭이 아기)' 앞에서 둘이 여길 다시 올 수 있게 해달라고 기도했다. 신사 앞 기념품 가게에서는 여러 크기의 사루보보를 팔고 있었다. 눈, 코, 입이 없는 빨간 얼굴이 조금은 무섭게 느껴지는 인형이었다.

"사루보보는 왜 눈, 코, 입이 없나요?"

"슬퍼도 슬프지 않았으면 하는 마음에서요. 얼굴은 감정을 담는 거울이잖아요."

"그럼 이 인형은 사실 슬픈 건가요?"

"글쎄요. 힘들고 슬프더라도 받는 사람에게 그 감정을 전하고 싶지 않은 마음을 담은 것 아닐까요."

마지막이 될 첫 여행에 웃어야 할지 울어야 할지 몰랐을 내 마음이 그 인형 같았다. 그때 산 사루보보 인형은 지금 우리의 신혼집 세탁실 문고리에 걸려 있다. 매일 양말과 속옷을 세탁기에 던져 넣을 때마다 사루보보는 딸랑이는 소리를 낸다.

슬퍼도 슬프지 않았으면 하는 마음을 담아, 사루보보

그 후 우리는 일곱 번의 일본 여행을 함께했다. 여섯 번의 여행은 대책 없이 2년 동안 한국에 머문 야니스의 90일 무비자 갱신을 위한 출국이었다. 12월이 되자 야니스는 예정대로 덴마크로 갔지만, 다시 돌아왔다. 오로지 내 옆에 있겠다고 가족도 미래도 제쳐두고 온 사람에 대한 의리로 나도 꾸역꾸역 일본행 비행기에 올랐다. 방송일과 체류 만료일이 겹쳐 딱 한 번 야니스를 혼자 기타큐슈로 보낸 것을 빼면 항상 함께 비행기를 탔다.

최저가를 찾아 무턱대고 떠났던 일본의 작은 도시들, 잘못 찾아 들어간 골목과 비를 피하던 좁은 가게들 곳곳에 무비자 국제 연애 3년의 눈물과 콧물이 묻어 있다. 오이타의 온천에서는 야니스가 변태를 만나 경찰이 출동하기도 했고, 벳푸에서 다카치호 협곡으로 가는 길에는 환승 버스를 놓쳐 수트 케이스의 방수 커버를 머리에 쓰고 시골 논길에서 한참이나 비를 맞아야 했다. 일본을 여행하며 큰 비나 눈을 만나지 않은 적은 없다. 늘 아끼던 구두가 젖거나 하얀 블라우스에 가죽 가방끈 색이 물들어버리곤 했다. 혼자였으면 짜증나고 축축했을 날들, 사진의 나는 언제부터인가 야니스처럼 바보같이 웃고 있었다.

일곱 번째 여행에서 우리는 법적 부부가 됐다. 2017년 10월, 도쿄의 한국 영사관에서 남편은 F-6-1(국민의 배우자) 비자를 발급 받고 마침내 "입국 거부를 책임지지 않습니다"라는 노란 종이와 90일 체류 허가 도장 없이 서울로 돌아왔다. 외국인이 한국인과 결혼하고 국내에 체류하기 위해 배우자 비자를 받으려면 몇 가지 서류가 필요하다. 우선 외국인이 자기 나라에서 결혼을 하지 않았다는 '미혼 증명서'를 받아와야 한다. 라트비아에서 이 여자랑 결혼하고, 한국에서 저 여자랑 결혼하는 걸 막기 위해서다. 서로 의사소통에 문제가 없다는 것을 증명하기 위해 어학 점수도 내야 한다. 여기에 한 가지 더, 별도의 양식이 없는 두둑한 첨부 파일을 내야 한다. 이 결혼이 사랑에 의한 불가피한 것임을 증명하는 일종의 러브장(?)이 그것인데, 우리에게는 4년간의 여행 사진과 티켓들이 절절한 증거가 되어주었다.

항상 나는 운이 없는 편이라 생각했다. 너무나 사랑했던 아빠는 나와 해외여행 한번 가보지 못하고 세상을 떠나셨다. 이유 없이 나를 사랑해주는 사람도, 이유 없이 일어나는 좋은 일도 없었다. 공부든, 일이든 언제나 한계까지 나를 밀어붙여야 원하는 것을 겨우 얻을 수 있었다. 스물일곱의 나는 어느새 실망하는 데 익숙해졌고, 다가올 상처에 미리 무뎌지곤 했다. 좋은 소식이 있으면 날아가 버릴까 오히려 꽁꽁 숨겼고, 좋은 사람을 만나 행복할 때면 언젠가 헤어질 날을 생각하며 꽁꽁 감쳤다.

이제 말할 수 있다. 나는 운이 좋은 사람이다. 떠날 거라 생각했던 사람은 스스로 돌아왔고, 떠들썩한 결혼식을 열어도 사라지지 않았다. 죽도록 노력해야 겨우 줄까 말까 하다가 빼앗아버리는 게 인생이라 생각했는데, 언감생심 바라지도 않았던 평생의 동행을 얻었다.

언젠가 우리 이야기가 책이 되면 좋겠다 생각만 했던 나에게 잠을 아껴가며 키보드를 두드릴 기회가 주어진 것도 행운이다. 서울 지하철의 '발 빠짐 주의' 안내만 들어도 웃음이 터지는 사람과 여행 같은 매일을 사는 것도 행운이다. 늘 그렇게 털레털레 집을 나섰다가 밤이면 별일 없이 돌아와 짝과 함께 이불을 덮는 것도 행운이다. 노력하지 않아도 내 곁을 지켜주는 그는 나의 행운이다.

정글의 법칙 : 허니문 편

여행지를 고르고 예약하는 건 내가 세상에서 제일 좋아하는 일이다. 숙박 애플리케이션 화면에 날짜순으로 가지런히 예약된 숙소를 보면 희열을 느낀다. 하지만 결혼을 앞두고는 바빠도 너무 바빴다. 〈걸어서 세계 속으로〉 방송일과 결혼식 날짜가 겹친 것이다. 무척이나 더웠던 2018년 여름이지만 편집실에 박혀 있었던 나는 더울 새도 없었다. 하루라도 정신을 놓으면 내가 내 결혼식에 못 갈 수도 있는 일정이었다. 드레스 가봉은 결혼식 전날 오후에, 결혼식에서 남편에게 읽어줄 편지는 당일에 메이크업 숍에서 휴대폰에 썼다.

5월 브라질 출장, 6월 방송 후 리투아니아, 라트비아, 에스토니아 출장을 다녀오니 7월 중순. 방송은 9월 1일이니 한 달이면 시간이 많은 것 같지만 1시간 길이의 프로그램 두 편을 만들기엔 결코 넉넉한 시간이 아니었다. 〈걸어서 세계 속으로〉 PD의 귀국 후 타임라인은 다음과 같다.

1주차: 촬영본 파일을 편집용으로 변환, 자료나 인터뷰 번역을 의뢰한다.

2주차: 편집! 〈걸어서 세계 속으로〉는 보통 3분 내외의 짧은 이야기 12~15개가 모여서 한 편이 구성된다. 주말 없이 편집을 계속한다 해도 하루에 2개씩은 완성시켜야 하는 일정. 간단한 것 같지만 다른 프로그램과 달리 구성 작가, 편집 감독이 없어 쓸만할 그림과 인터뷰를 고르는 데 시간이 꽤 걸린다. 현장에 있었던 것도 PD뿐이고 여행의 감흥도 PD 가슴속에만 남아 있으니 누군가에게 일을 나눠줄 수도 없는 노릇.

3주차: 방송 열흘 전까지 편집을 끝내고 색보정, 음악을 의뢰한다. 동시에 번역을 검수하고 정보를 크로스 체크한 뒤 자막을 입힌다.

4주차: 내레이션 대본을 쓴다. 거기 가지 말걸, 이렇게 찍지 말걸, 저렇게 편집하지 말걸 하는 후회와 참회로 눈앞이 아득해지는 밤을 몇 번 지새워야 비로소 방송을 털고 그 나라에서 해방될 수 있다.

　그래서 신혼여행은 남편에게 맡길 수밖에 없었다. 남편은 결혼식에 대한 로망이 심한 사람이었다. 주목받는 걸 극도로 힘들어하는 나는 결혼식을 하지 않을 생각이었다.(내가 드레스 입고 걷는 걸 보여주려고 그렇게 많은 사람을 모으다니!) 타협 끝에 나는 모교 공대회관에서 결혼식을 빨리 해치울 결심을 했다. 하지만 1시간 30분 간격으로 하루 네 팀이 예식을 한다는 말에 남편이 퇴짜를 놓았다. 공대회관 예식장 건물 정면의 '엔지니어링(Engineering)' 글자는 또 언제 봤는지, 그것부터 마음에 들지 않았단다. 결혼반지는 민트색 상자의 그 브랜드여야 하고, 외국인이라 폐백이 뭔지도 모르면서 굉장히 하고 싶어 했던 남편. 그래서일까, 마음을 놓았던 것 같다. 신혼여행에도 로망이 있겠지 하며. 1박에 7만 원인 숙소를 예약했다고 할 때부터 조금은 불안했지만….

　인천에서 피지 난디까지 비행기로 9시간, 항구까지 택시로 30분, 크루즈선을 타고 5시간이 걸려 야사와 군도에 이르렀다. 우리의 신혼여행보다 1년 앞서 이곳을 다녀간 건 〈정글의 법칙〉 팀이었다. 대형 호텔 체인이 즐비한 피지 본섬에 비해 야사와 군도는 여전히 '태초의', '신비의', '때 묻지 않은'이라는 수식어가 유효한 곳이었다. 야사와 군도를 이루는 20개의 섬은 육로로 연결되어 있지 않았다. 우리가 타고 간 크루즈선이 바다의 어느 지점에 멈추자 리조트에서 나온 크고 작은 배들이 크루즈선 주변으로 모여들었다. 아무런 표시가 없었지만 그곳은 일종의 수상 환승 센터였다. 여기서는 픽업 서비스도 물 위에서 이루어졌다. 우리 배를 찾기는 쉬웠다. 아마 가장 싼 숙소일 테니 가장 작은 배일 거란 생각은 꽤나 논리적이었다. 민소매 티셔츠를 입은 맨발의 남자가 내 어깨에 있던 커다란 다이아몬드 반지 모양의 튜브를 건네받으며 말했다.

"신혼여행인가요?"

"네. 결혼하자마자 바로 이리로 왔어요."

"와, 용감하네요."

용감하다니, 무턱대고 따라온 내가? 신부를 이런 데로 데려온 남편이? 그날 체크인하는 손님은 우리뿐이었다. 보트가 출발하자 모터의 굉음에 남편의 목소리도 들리지 않았다. 선글라스를 머리에 올리고 바닷바람을 맞으며 셀카를 찍던 크루즈 여행은 끝났다. 머리에 꽂은 꽃은 날아가 버렸고 바람에 눈이 시려 재빨리 선글라스를 썼다. 10여 분을 달려 도착한 곳의 첫인상은 좋게 말해 무인도, 좀 더 솔직히 말하자면 열대의 유배지랄까. 작은 해변에는 선베드 4개가 나란히 놓여 있었다. 마

오지 않는 손님을 기다리는 무인도, 아니 우리의 신혼여행 숙소

치 오늘도 오지 않을 손님을 기다리는 것처럼.

배에서 내려 울창한 야자나무 숲을 20미터쯤 걸어가니 리셉션으로 보이는 작은 나무 건물이 나왔다. 간단한 통성명과 호구조사가 버무려진 체크인 절차가 끝나자 리셉션 직원 중 한 명이 물었다.

"점심 먹었어요? 여기서 드실래요?"

"아직 안 먹었어요. 메뉴 좀 보여주세요."

"음, 메뉴는 없어요."

"메뉴가 없다고요? 그럼 고를 수 있는 선택지가 있나요?"

"아니요, 없어요."

"그럼 가까운 곳에 식당이나 마트는 없나요?"

"이 섬에는 우리만 있어요."

이코노미석만 타도 닭고기나 돼지고기 중 하나는 고를 수 있고, 4500원짜리 구내 식당을 가도 A나 B 중 하나를 고를 수 있는데, 신혼여행지에는 메뉴가 없었다. 그럼 뭘 만들어줄 거냐고 물어보자 기가 막히게도 "Something"이라는 대답이 돌아왔다. 이거 캐비아 요리해주고 100만 원쯤 내라고 하는 건 아니겠지? 무인도에서 일어난 흉흉한 사건 사고들을 떠올리려는 찰나 해먹에 누워 있던 중년의 여자가 웃으며 다가왔다. 아주 밝은 미소를 가진 그녀의 이름은 보나였다. 그녀가 말했다. 맛있는 걸 해줄 테니 저기 가서 놀고 있으라고.

숙소 이름은 호텔도 리조트도 아닌 '베이스캠프'였다. 돔 형태의 베이지색 텐트 앞에 손 글씨로 "Bula Bula! Kim"('Bula'는 피지의 인사말)이 적힌 나지막한 정원용 팻말이 세워져 있었다. 이중 지퍼를 열자 새하얀 매트리스 위에 놓인 새빨간 꽃이 눈에 들어왔다. 매트리스 옆으로 수트 케이스 2개를 놓으면 꽉 차는 작은 텐트. 테이블이나 세면대 따위가 있을 리 만무했다. 침대 머리맡의 작은 발전기에 연결된 전구 1개와 선풍기가 시설의 전부였다. 텐트 옆에는 '공동' 샤워실이 있었다. 키 큰 나무줄기들을 엮어 만든 공간엔 천장이 없었고, 파이프에 연결된 소라 껍데기에서 물이 졸졸졸 흘렀다. 그것도 찬물이. 텐트로 돌아와 헤어드라이어를 발전기에 연결하고 머리를 3초 말리자마자 선풍기가 꺼져버렸다. 리셉션의 냉장고가 멈춰버린 것은 나중에야 알았다.

헛웃음이 터져 나왔다. 방송은 끝났는데 다시 출장을 나온 기분이었다. 내 비록 야간 버스 정류장 화장실에서 배낭을 멘 채 화장도 하고 옷도 갈아입고 메모리 백업도 했지만, 신혼여행에서는 욕조에 따뜻한 물 받아놓고 와인 한잔할 수 있을 줄 알았다. 방송도 털어내고 결혼식도 해치운 나는 그럴 자격이 있다고! 화를 내야 했을까, 실망스러워 베개에 머리를 파묻고 아무 말도 말아야 했을까. 그런데 그럴 수 없었다. 10여 개의 야자나무에 둘러싸인 작은 정원은 야트막한 언덕에 폭 안

▲ 우리의 베이스캠프, 내 이름이 적힌 팻말이 우리를 반겼다
▼ 우리의 공동 샤워실, 물론 뜨거운 물은 없었다

겨 있었다. 그 정원에 딱 하나뿐인 우리의 텐트, 내 이름이 적힌 팻말, 야자나무 주변엔 허리까지 오는 밝은 연둣빛 풀들이 담벼락을 대신했다. 너무 선명한 연두색이, 너무 싱싱한 잎들이 가짜가 아닐까 하는 착각을 불러일으키는 순간 하얀 나비가 날아왔다. 남편은 어느새 맨발로 초록 정원을 걷고 있었다. 나는 걸치고 있던 로브를 야자나무에 묶인 빨랫줄에 던져버리고 수영복만 입은 채로 바닥에 누워버렸다. 속눈썹 같은 나뭇잎 사이로 달콤한 바람이 불 때마다 오후의 햇빛이 일렁이며 어깨를 쓰다듬었다 말기를 반복했다. 우리를 방해하는 건 아무것도 없었다. 슬리퍼를 신고 밖에 나가지 말라는 안내문도, 체크아웃 시간까지 라운지와 수영장을 야무지게 이용해야 한다는 압박감도, 비싸고 유명한 호텔에서 뽕을 뽑으려면 선지자들의 이용 팁을 검색해야 한다는 부담감도 없었다. 그 순간 그 공간을 즐기기 위해 필요한 건 나의 감각뿐이었다.

눈을 뜨면 온통 초록빛 사이로 스며드는 노란 햇살, 눈을 감으면 손끝을 간지럽히는 풀들과 촉촉한 흙, 들이마시면 귀까지 시원해지는 듯한 맛있는 공기가 느껴졌고, 이따금 나뭇잎이 바람에 흔들리는 소리와 들뜬 남편의 콧노래 소리가 들려왔다. 순간 착각이 들었다. 죽어서 천국에 온 건 아닐까?

베이스캠프의 아담과 이브가 되어 우리는 무해한 나날을 보냈다. 어슴푸레한 새벽에는 언덕에 올라 뜨는 해를 바라보고,

▲ 시루떡 같지만 우리를 위해 만들어준 무려 홈메이드 케이크

▼ 직접 잡은 물고기로 우리를 대접해준 리셉션 청년들

배가 고프면 보나 아주머니를 찾아가 주는 대로 감사하게 먹었다. 리셉션 청년들은 내 허리까지 오는 물고기를 잡아와 매끼 접시를 넉넉하게 채워줬고, 어느 밤에는 나와 남편의 이름이 삐뚤빼뚤 쓰인 케이크를 만들어주기도 했다. 초콜릿만 가득 부어 검은 시루떡 같았던 케이크를 자르자 청년들은 기타를 꺼내와 노래를 부르기 시작했다. 우리는 그 작은 섬의 하나뿐인 커플, 해야 할 일은 볼 때마다 축하받는 것과 하루 종일 잘 노는 것뿐이었다.

아침 식사가 끝나면 우리는 노란색 카약을 타고 무작정 바다로 향했다. 배에는 점심 도시락과 물만 달랑 싣고서 화장도 하지 않고 매일 똑같은 수영복 차림으로 배도 사람도 부표도 없는 투명한 바다 위를 떠다녔다. 노를 젓다 해가 뜨거우면 바다로 뛰어들었고, 아주 조그마한 바위섬을 발견하면 거기에 걸터앉아 도시락을 먹었다. 사진 촬영이 취미인 남편은 바위섬을 기어 다니며 셔터를 눌러댔고, 나는 평평한 곳을 찾아서 누워 멀리 보이는 남편과 가까이 보이는 작은 게 한 마리의 움직임을 하릴없이 눈으로 좇았다. 행복했다. 우린 앞으로도 그런 모습으로 서로의 곁에 살 터였다.

피지에 있는 열흘 동안 우리는 또 다른 리조트에도 묵었다. 웰컴 드링크와 룸서비스에 스파 시설이 있고 도보 거리에 큰

점심 도시락과 물만 싣고
모험을 떠나는 신혼부부

쇼핑몰이 있는 리조트였다. 바다를 바라보는 수영장에는 신혼 부부가 가득했고, 머리에 꽃을 꽂은 직원들이 밤마다 전통춤을 보여주는 활기찬 곳이었다. 하지만 4년이 지난 지금도 기억나는 건 베이스캠프에서 보낸 시간들이다.

비싼 레스토랑을 가도, 비싼 물건을 사서 집에 데려와도 마음이 채워지지 않을 때가 있다. 에스컬레이터 칸마다 사람이 빼곡한 쇼핑몰을 올려다보며 이 치열한 도시에서 그래도 한자리 차지하고 있음에 스스로가 대견하다가도 '무엇 때문에 이렇게 살고 있지?'라는 생각에 허탈해질 때도 있다. 그런 날이면 '올 인클루시브'도 '프라이빗 비치'도 없는 베이스캠프가 슬그머니 그리워진다.

"당신이 내 신혼여행을 완전 망쳤잖아. 무슨 전기도 없는 수련원 같은 데로 데려가 놓고는."

"왜? 거기가 어때서? 난 너무 좋았는데."

"몰라. 난 신혼여행 안 간 걸로 할 테니까 다시 가."

"좋아. 신혼여행 한 번 더 가는데 내가 또 거길 예약해놓으면 날 죽일 거야?"

"아니."

내가 사랑하는
서울 속 여행지

여권보다 따릉이 이용권이 유용했던 지난 2년, 서울에 노들섬이 있어 다행이었다. 별일 없어도 굳이 찾아서 여러 번 갔으니 꽤 좋아하는 여행지라 할 만하다.

노들섬은 용산과 노량진 사이에 징검돌처럼 놓여 있다. 교통의 요지지만 주차장이 없는 섬, 자전거로 가기 좋지만 막상 섬 안에서는 자전거를 세워두게 되는 느린 곳. 노들섬에서는 자전거가 오나 안 오나 살필 필요 없이 빙글빙글 걷다가 아무 데나 털썩 앉으면 된다. 여의도 한강공원과 반포 한강공원을 두고 굳이 조그마한 섬을 찾는 이유다.

그늘이 별로 없다는 단점은 그만큼 사람이 없다는 장점이 된다. 사회

적 거리두기가 있던 시절 노들섬에 가면 동선이 정해져 있었다. 따릉이를 세워놓고 바로 앞에 있는 2층 카페로 들어가 체온을 잰 다음 아인슈페너를 주문한다. 그런 다음 1층 서점으로 내려가 새로 들어온 책이 있는지 구경한 뒤 왼쪽으로 난 유리문을 열고 탁 트인 잔디밭으로 향한다. 한강철교 방향으로 서 있는 키 큰 나무 다섯 그루, 그 아래가 내 자리다. 거기 앉으면 노량진의 오르락내리락 언덕들과 애증의 여의도가 보인다.

뒤돌면 새로 생긴 호텔들 사이로 언제나 멋진 북한산이 있다. 나는 반려견이 없지만 남의 집 예쁜 강아지들도 마음껏 볼 수 있다. 1시간만 앉아 있으면 털 뭉치 사모예드 푸리, 이제 3개월 된 포메라니안 뭉치, 시바 견 콩이 이름을 알게 된다. 노들섬에는 없는 게 없다.

날씨가 정말 좋은데 너무 미루고 싶은 일이 있는 주말이면 캠핑 의자와 테이블을 가지고 노들섬으로 간다. 그런 날 일하기 싫은 이유는 복잡하지 않다. 카페에서 키보드를 두드리며 앉아 있기 억울하니까. 하지만 노들섬 풀밭에 앉아 강바람을 맞고, 흰색 물감을 한 방울 탄 듯한 초록색 다리 뒤로 붉은 해가 지나가는 걸 바라보면 어딜 가야 한다는 욕망이 사라진다. 주말 노동을 위한 완벽한 ASMR이랄까. 기다란 63빌딩을 종일 닦아내는 해가 식을 때까지 자막을 수정하고, 협조 공문을 몇 개씩 써도 내가 왜 이러고 사나 하는 생각이 들지 않는다.

　여름이면 휴가를 못 간 파리지엔을 위해 센강에 모래 해변을 만든다는데 노들섬의 잔디밭이 있어 하나도 부럽지 않다. 그런데 웬걸. 사진을 찾아보니 일하기에만 노들섬이 더 나은 것 같다. 이번 여름엔 파리행 비행기표를 알아봐야겠다.

엄마의
낯선 얼굴

아빠가 30년을 일한 건설 현장에서 물러나신 해, 나는 바라던 대학에 합격했다. 그 겨울은 참 행복했다. 일이 바쁠 때는 2주에 한 번 집에 오시던 아빠가 늘 집에 계셨다. 아빠는 매일 아침 나의 머리를 말려주시고 저녁에는 엄마와 배드민턴을 치러 가셨다. 걱정이라고는 없는 날들이었다. 어느 오후, 아빠와 엄마는 바퀴가 달린 네모난 가방을 하나 사오셨다.

"우리도 여행 한번 가보자. 미국이나 호주 이런 데."

그렇게 우리 집에 처음 보는 물건이 생겼다. 지금 보면 작지만 그때는 정말 커 보였던, 24인치 짙은 녹색의 수트 케이스. 그러나 목적지도 정하기 전에 가방부터 사놓았던 아빠는 그해

봄, 루게릭병 진단을 받으셨다. 젊을 때 몰아서 일하고 나이 들어 신나게 놀자던 아빠는 결국 인천공항도 한번 가보지 못하고 눈을 감으셨다. 할 일을 다 해놓고 푹 쉬자는 말은 틀렸다. 너무 아끼면 녹아버린다.

~~~~~

놀기에, 여행하기에 완벽한 날은 없다. 남들처럼 뻔한 기념일을 챙기고 길 막히는 추석에 굳이 고향을 찾아가야 하는 이유다. 다정하지 못한 사람일수록 달력에 맞춰 따박따박 시키는 일을 할 필요가 있다.

그렇다면 엄마의 환갑에는? 효도 여행을 가야지. 새 프로그램 론칭이 한 달도 남지 않았고, 출연자 섭외가 전혀 되지 않은 건 핑계가 될 수 없었다. 그렇게 나는 알토 아디제로 가는 비행기표를 샀다. 〈걸어서 세계 속으로〉 PD가 얼마나 대단한 곳을 효도 여행지로 골랐을지 궁금하실 분들을 위해 알토 아디제와의 첫 만남을 꺼내보려 한다.

알토 아디제는 유럽에서 내가 가장 좋아하는 곳이다. 알고 찾아간 건 아니었다. 몇 년 전, 무계획에 우연이 겹쳐 남편과 3일간 머물렀을 뿐이다. 이탈리아 베로나에 있던 우리는 다음 목적지인 독일 뮌헨이 얼마나 먼가 하고 지도를 펼쳐봤다. 그런데 뮌헨과 베로나의 딱 중간 지점에 '볼차노(Bolzano)', '보첸(Bozen)'이라는 도시가 보였다.

"이름이 2개야? 여기 재미있겠다. 내려보자."

우리가 예약한 숙소 주인의 영어에는 이탈리아 억양이 전혀 없었다.

"옥토버 페스트 가는 길에 호기심에 들렀어요."

"옥토버 페스트! 우리 마을도 단체로 버스 한 대 빌려서 매년 가요. 돌아오는 버스에서 전부 취해서 노래하고 어르신들은 여기저기 토하고 난리가 나죠."

독일 맥주 축제에 삼대가 함께 가는 이탈리아 마을이라니. 인구의 60퍼센트가 독일어를 사용하는 알토 아디제는 원래 오스트리아의 땅이었다. 그래서 이곳의 도시들은 볼차노 또는 보첸처럼 이탈리아어, 독일어 2개의 이름을 갖고 있었던 것이다.

1차 세계 대전을 겪으며 이탈리아 영토가 된 이 지역은 이탈리아의 북쪽 끝, 그리고 그 유명한 알프스산맥의 동쪽 끝에 놓여 있다. 8개 나라에 걸쳐 있는 드넓은 알프스 중에서도 돌로미티산맥이라 불리는 곳이 바로 여기인데, 연회색의 백운석(Dolomite)으로 이뤄진 바위산이라 산맥의 이름도 '돌로미티'가 되었다고 한다. 해발 3000미터가 넘는 봉우리가 18개나 되는 바위산에 안긴 숲과 호수의 땅. 그렇게 뜨겁고 부산스럽지 않은 9월의 이탈리아를 만났다.

아무 계획이 없었던 우리는 숙소 주인이 추천한 오르티세

▲ 도시는 하나, 이름은 두 개
▼ 오르티세이 마을에서 세체다산으로 향하는 곤돌라 안에서

이 마을로 가 세체다산으로 향하는 곤돌라를 탔다. 세계적으로 유명한 트레킹 코스지만, 곤돌라 시간만 잘 맞추면 걷지 않고도 20분 만에 오를 수 있는 곳이었다. 땀 한 방울 흘리지 않고 2518미터의 세체다 정상에 다다르자 든 생각은 하나였다. 이탈리아, 정말 다 가졌구나.

노란 야생화로 덮인 넓은 초원은 멀리서 보면 꿀이 살살 흘러넘치는 곰돌이 푸의 꿀단지 같았다. 발을 헛디뎌도 되는 건 물론이고 그냥 데굴데굴 아이처럼 굴러다니고 싶은 꽃밭. 그런데 고개를 들면 천둥 벼락이 산을 찢어버린 듯 날카로운 바위 봉우리들이 보였다. 타다 남은 재처럼 쓸쓸한 잿빛 봉우리 아래 깔린 따스한 꽃 이불. 너무 달라서 도저히 어울릴 것 같지 않은 두 풍경의 경계를 연기 같은 구름들이 부드럽게 덮어주고 있었다. 잔디밭으로 들어가지 말라는 밧줄도, 근처 카페로 오라고 유혹하는 간판도 없었다. 걸으면 걸을수록 마음이 뭉클해지는 풍경에 그대로 풍덩 안기는 것만 같았다. 길에서 벗어나 경사진 풀밭을 아무렇게나 걸었다. 걷다 보니 하늘을 향해 날카롭게 뻗은 봉우리의 한쪽 끝이 도끼로 쪼갠 듯 초원과 이어져 있었다. 우리는 거대한 미끄럼틀 같은 비탈을 엉금엉금 기어올랐다. 그리고 잿빛 봉우리가 초록 들판과 만나는 곳에 머리를 대고 누웠다.

나는 그럭저럭 마음에 드는 곳에서는 사진을 찍고 아주 마

뒹굴뒹굴 구르고 싶은 언덕

▲ 볼차노에서 바라본 돌로미티산맥의 일부
▼ 모든 감각을 이곳을 느끼는 데만 쓰고 싶어 드러누워버렸다

음에 드는 곳에서는 책을 꺼내 읽는데, 너무너무 마음에 드는 곳에서는 낮잠을 자버린다. 낮잠으로 찬사를 보내는 의식을 처음 만든 곳이 바로 이 비탈진 풀밭이었다. 카메라도, 책도 치워버렸다. 이런 곳에서 시각, 청각, 후각, 촉각을 다른 곳에 쓰는 것은 허튼짓이라는 생각이 들었다. 맑은 바람 소리에 귀 기울이며 그냥 숨을 들이마시고 뱉었다. 돌로미티를 즐기기에 3일은 너무 짧았지만 하나도 아쉽지 않았다. 틈만 나면 오고 또 오게 될 거란 걸 알았으니까.

3년 만에 다시 찾은 돌로미티, 나는 곧장 오르티세이로 향했다. 엄마에게 그 마을을 꼭 보여주고 싶었다. 오르티세이의 많은 집은 주인이 가장 좋아하는 파스텔색 한 가지와 흰색의 조합으로 칠해져 있었다. 크림색, 오렌지색, 하늘색, 핑크색, 연두색 집들이 한 골목에 오밀조밀 서 있는 모습이 얼마나 사랑스러운지. 거리에는 못생긴 것이 하나도 없었다. 1810년에 지은 집의 맨들맨들한 나무 지붕은 오늘 아침 세수를 하고 나온 듯했고, 창가의 생기 가득한 꽃을 보면 이 집이 주인에게 얼마나 사랑받고 있는지가 느껴졌다. 그리고 집과 집 사이 좁은 틈으로 보이는 푸른 초원과 폭신한 구름들까지. 예쁜데 맛있고 몸에도 좋은 게 이런 걸까?

"크리스마스카드 보면 산속에 마을이 있고 큰 나무 아래 집

귀여운 거리와 푸른 초원의 조화, 오르티세이

이 알록달록하던데, 그게 실제로 있는 마을 사진이었네. 난 누가 상상해서 그린 줄 알았지."

〈걸어서 세계 속으로〉 인터뷰로 써도 될 만한 말에 마음이 놓였다. 좋은 걸 보면 휴대폰을 드는 대신 손을 흔드는 엄마는 분수의 아이들 조각상에, 멀리 산을 굽이굽이 돌아 올라가는 버스에 "안녕"하며 인사를 건넸다.

영어 메뉴판이 있는 레스토랑과 분주한 기념품 거리까지 관광지다운 모든 것을 갖추었지만 해가 지면 시냇물 소리만 들리는 고요한 마을. 해마다 80만 명이 넘는 관광객이 와도 5000명이 사는 오르티세이는 잘 버티고 있었다. 3년 전이나 지금이나 같은 가게들이 제자리를 지키고 있는 거리는 뜨내기 여행자에게도 몇몇 익숙한 기억을 떠올리게 해주었다. 시냇가가 내려다보이는 명당에는 '공공 사우나'가 고급 리조트에 자리를 뺏기지 않고 여전히 기특하게 서 있었다. 마침 뜨뜻하게 몸을 지지면 좋겠다고 생각한 참이었다. '1일 1온천'은 효도 여행 국룰이니까.

수영복을 입지 말라는 안내문에 '제대로 된 집이군' 하며 홀딱 벗고 유리문을 밀었다. 그때 어슴푸레 연기 너머로 한 중년 남자의 실루엣이 보였다. 나는 한쪽 팔에 걸고 있던 수건으로 황급히 몸을 가렸다. 그도 짐짓 놀란 듯 몸을 돌렸고, 우리는 가장 가까운 탕으로 들어갔다. 마주 본 엄마와 나는 웃음이 터졌다.

"이야, 유럽은 목욕탕도 특이하네."

사실 남녀 혼탕은 나도 처음이었다. 당황스러웠다. 나만 따라오라며 나섰기에 놀란 티를 낼 수 없었을 뿐. 그런데 그 목욕탕보다 엄마가 더 신기했다. 이게 뭐냐며 뛰쳐나가거나 꺅 소리라도 지를 줄 알았는데, 엄마는 차분하게 몸을 지졌다. 혼자였다면 절대 가지 않았을 남녀 혼탕에서 엄마는 오르티세이 부녀회장이 된 듯 탕을 하나 차지하고 앉았다.

생각해보니 늘 그랬다. 엄마는 평소 하는 일과 하지 않는 일의 경계가 아주 뚜렷한 사람이다. 그런데 절대 하지 않을 법한 일도 나와 함께라면 흔쾌히 하고 호탕하게 웃어버리곤 했다. 쉰네 살에 간 제주 여행에서는 사진 한 장 찍게 스케이트보드에 발만 올려보라 했더니 가르쳐주지 않은 턴까지 하며 해안가를 누비고 다녔다. 15년 운전 경력 내내 배드민턴장과 집만 오간 엄마는 국제운전면허증을 만들자마자 봄눈 내리는 알프스산맥을 넘었다. "내비 보고 살살 가면 된다"고 꼬드긴 나나, "가보자 그럼" 하고 따라온 엄마나.

우리는 해발 1236미터인 오르티세이 마을에서 해발 2239미터인 포르도이산까지 짙은 안개가 뒤덮인 꼬불꼬불 산길을 넘었다. 운전을 할 줄 모르던 그때는 그게 위험한지도 몰랐다. 오르막길인 데다 커브는 깊고 중앙선이라고는 희미한 자

엄마가 운전한 포르도이 가는 길

국뿐이었다. 더욱이 안개 때문에 앞도 보이지 않는데 질퍽질퍽한 눈 위에서 피아트 500은 쌕쌕이며 힘을 내지 못했다. 지금 구글 지도를 켜서 보니 구리선 코일이 꼬인 것처럼 커브가 끝없이 이어져 있다. 아, 어머니 어찌 이리 사셨나요. 눈 덮인 공룡의 등을 타고 올라가는 것 같던 포르도이 곤돌라 안, 엄마는 창가에서 눈을 떼지 못했다.

"야, 길이 요래 요래 굽어 있네. 여길 어떻게 올라왔지 내가. 진짜 대단하다. 여기가 이름이 뭐라고?"

엄마는 요즘도 잊을 만하면 "나 눈 내리는 알프스를 넘어본 드라이버야" 하며 어깨를 으쓱인다. 그 여행 동안 엄마는 평소에는 하지 않던 일을 많이 했다. 얼굴만 한 젤라토를 들고 아이처럼 웃는 엄마 얼굴, 거위 가까이 가려고 바지를 걷고 호수로 첨벙첨벙 들어가던 엄마 얼굴, 에스프레소의 씁쓸함에 당황한 엄마 얼굴. 모두 처음 보는 모습이었다. 하지만 무엇을 준비한들 엄마에게 생색을 낼 수는 없었다. 나의 첫눈, 첫비, 첫걸음마, 첫 아이스크림…, 엄마가 지켜보고 응원해줬을 모든 첫 순간은 셀 수 없을 테니까.

오르티세이에서 보낸 마지막 저녁, 우리는 와인 한 병을 들고 테라스에 앉았다. 하늘이 어두워질수록 더욱 선명히 깨어나는 산을 바라보며 엄마가 말했다.

"참 신기하지. 전학도 한번 안 가고 한 동네에서 키웠는데 어떻게 너는 겁도 없이 온 세상을 돌아다닐까?"

전학 간 첫날을 상상하며 새 친구들에게 건넬 인사말을 연습해보곤 했던 어린 날이 떠올라 웃음이 났다.

"그러게. 엄마가 너무 안정적인 환경에서 키워줘서 나이 드니까 이렇게 싸돌아다니잖아."

어이없다는 듯 웃던 엄마는 잠시 생각에 잠긴 듯 조용해졌다. 그러고는 꽤 오래된 날의 기억을 꺼냈다.

"너를 가졌을 때는 혼자 어두운 골목길을 걸어도 무섭지가 않았어. 그 조그마한 게 뭐라고 같이 있다는 생각이 드니까 든든하더라고."

다이빙을 하고, 암벽을 타는 나를 TV로 볼 때마다 엄마는 전화를 걸어 같은 얘기를 한다. 무서워서 그걸 어떻게 하냐고, 나한테서 어떻게 이렇게 용감한 딸이 나왔냐고.

사실 엄마의 환갑 여행은 꽉 막힌 해피엔딩이 되지는 못했다. 돌로미티에서 끝냈다면 좋았을 것을, 욕심을 내 갔던 베네치아에서 크게 싸우고 말았다. 사실 베네치아에서 찍은 사진은 4년 동안 열어보지도 않았다. 시르미오네성을 구경하고 호숫가 산책도 하다가 2시간 동안 기차를 타고 가서 베네치아 저녁 투어를 하는 것은, 〈걸어서 세계 속으로〉 PD에게나 반일 코스였다. 엄마가 지쳤다는 걸 눈치채지 못하고 나간 저녁 투어, 사진 속에서도 우리는 서로 다른 곳을 보고 있다.

"어머니, 여행 어떠세요? 재밌으세요?"

"아이고 이제 지겹습니다. 집에 확 갔으면 좋겠습니다."

"하하하, 어머니 피곤하시구나. 여행 다니려면 체력이 중요하죠!"

그날따라 내 또래의 싹싹한 가이드가 우리 둘 사진을 얼마나 많이 찍어줬던지. 보통 엄마와 딸이 그렇듯 어떻게 화해를 했는지는 기억도 나지 않는다. 인천공항에서 엄마는 대구로, 나는 서울 집으로 돌아가기 전 엄마는 나를 꼭 안아줬다.

"재밌었다."

"일정을 좀 여유롭게 짤걸 그랬지."

"에이, 됐다. 나가면 다 싸운다더라. 자알 갔다 왔다! 네가 가니까 따라갔지 혼자는 절대 못 간다."

추석에 가보니 엄마 집에 새로운 액자가 생겼다. 우리 집에서 액자가 되기는 쉽지 않다. 첫째, 둘째 조카의 돌 사진, 그리고 그 옆에 우리가 함께 본 알토 아디제의 어느 날이 놓여 있다. 연회색 구름을 쓴 짙은 회색 봉우리들, 그 아래 담벼락처럼 가지런히 선 초록 숲이 품은 에메랄드빛 호수.

이쯤이면 괜찮은 효도 여행이었을까? 잘 모르겠다. 남들 SNS를 보면 엄마랑 딸이랑 세계일주 하면서도 사이좋게 잘만 지내던데…. 난 왜 늘 이 모양이냐며 자책했던 여행을 굳이 책에 쓰는 건 나처럼 평범한 딸들을 위해서다. 〈걸어서 세계 속으로〉 PD도 엄마랑 여행 가면 싸우고 말도 하지 않다가 돌아오곤 한다는 부끄러운 고백이 누군가에겐 위로가 되지 않을까. 내 여행만 삐걱대는 것 같지만 우리는 안다. 집을 떠나면 물, 화장실, 줄서기 같은 사소한 것들에 속상해 어른끼리 다투기도 한다는 걸. 그런 나의 못난 여행을 함께해준 엄마에게 고맙다. "엄마, 여행 가자!"라는 말에 어딘지 묻지도 않고 "일단 고!"를 외쳐주는 그녀와 올해는 밥 한 끼라도 더 먹자는 당연한 다짐을 해본다. 아, 하나 배워온 건 아무리 맛있는 음식도 조금 아쉬운 만큼이 좋다는 것. 독자 여러분, 효도 여행은 일주일 이내 일정으로 가세요.

▲ 한 마을에 이름이 세 개인 곳도 있다
▼ 알페디시우시에서의 엄마

여행의 신은 없다,
사람만 있을 뿐

벚꽃 시즌, 비 오는 토요일 오후, 경부고속도로 하행선이라
는 겹겹의 함정을 뚫고 도착한 완주의 한옥 마을. 축축한 3월
의 공기는 아직 차가웠다. 전날 밤 급히 예약한 한옥 단칸방의
문을 열자마자 나는 바닥에 납작 엎드렸다. 꼭 가보려고 표시
해둔 미술관도 카페도 다 귀찮았다.

2007년식 중고 아반떼를 타고 처음으로 영등포구를 넘은
기념비적인 날이지만, 중간에 멈추는 게 더 무서워서 222킬로
미터를 한 번에 달린 터라 물먹은 솜처럼 몸이 가라앉았다. 차
에서 한숨 푹 자고 일어난 남편은 어른 네 명이 어깨를 맞대고
누우면 꼭 찰 크기의 방을 보자마자 신이 났다. 창문을 죄다 열

더니 여기는 호수가 보여서 로맨틱하고 저기는 구름이 산허리를 감싸고 있어 어메이징하다며 연신 셔터를 눌러댔다. 피곤한 내가 잠시 눈을 붙인 사이 동네를 한 바퀴 돌아본다고 나간 남편은 머스터드색 길고양이 한 마리와 함께 돌아왔다.

"이렇게 아름다운 곳에 데려와줘서 고마워."

"여기 마음에 들어?"

"당연하지!"

그럼 됐다. 비행기 타고 멀리 가지 않아도 남편은 꼭 아름답고 대단한 것을 찾아낸다. 그리고 아이처럼 즐거워한다. 이렇게 리액션이 좋은 동행이 있으니 여행이 망할 수가 있나. 아무것도 아닌 것에 감탄하는 사람과 살다 보면 전에 보이지 않던 것들에 눈길을 주게 된다. 새털 같은 구름이 흩어진 하늘, 굽이진 도로를 감싸고 우뚝 솟은 이름 모를 산들이 어느새 신기하게 보인다. 그리고 그걸 보고 좋아하는 남편의 얼굴을 보는 것은 내 모든 여행의 이유가 된다.

별다른 사고 없이 이틀이 지나고 용기를 얻은 나는 하동 십리벚꽃길까지 운전했다. 다른 차들을 따라 눈치껏 갓길에 잠시 멈춰서 사진도 찍었다. 흠, 이쯤이면 할 만한데? 내친김에 쌍계사도 가보자 하고 시동을 걸었는데 갑자기 주황색 경고등이 켜졌다. 차는 더 이상 움직이기 싫다는 듯 크르릉 소리를 냈다.

비행기 타고 멀리 가지 않아도 남편은 꼭 아름답고 대단한 것을 찾아낸다
산책하는 남편을 따라온 귀여운 고양이

"일단 천천히 가보자. 움직이다 보면 경고등이 꺼질 수도 있어."

털털대는 차를 끌고 2킬로미터 남짓 남은 쌍계사로 향했다. 주차장 입구는 슬프게도 오르막길, 운전대를 꽉 잡고 힘겹게 올라가는데 매표소 아저씨가 다가왔다.

"아이쿠 냄새야. 어디서 뭘 태우나? 이거 가스 차요? 어디서 이렇게 냄새가 나는교?"

겨우 주차를 하고 보험회사에 전화를 걸었다. 30분이 꼬박 걸려 읍내에서 온 비상 출동 기사님은 차에 문제는 있는데 열어보는 것도, 부품을 교체하는 것도 내일 카센터가 문을 열어야 할 수 있다고 했다.

막 오후 6시가 넘은 시간, 하동에서는 할 수 있는 것이 많지 않았다. 서울에서 300킬로미터 떨어진 이곳에서는 하루가 순리대로 흐르고 있었다. 퇴근 시간이 지나서도 급히 먼 길을 가야 하거나, 밤에도 당장 뭔가를 사야 하는 사람을 기다리며 밤새 불을 켜놓는 곳은 없었다.

"저희 오늘 묵을 숙소가 남원 바래봉 쪽인데요…"

"지금 상태로 오르막길을 오르면 절대 안 돼요. 그래도 평지는 괜찮으니 시내까지 살살 끌고 가서 거기 세워놓고 렌트를 하든지 택시를 타든지 해야겠네요."

심호흡을 하고 다시 시동을 걸었지만 전보다 더 심하게 타는 냄새가 났다. 경고등은 계속 들어오고 차는 속도를 전혀 내지 못했다. 주차장을 한 바퀴 돌고서 더는 못 가겠다고 울상을 지으니 기사님이 난감한 얼굴로 힐끗 시계를 보셨다.

"근처에 아는 어르신이 하는 정비소가 있는데 열려 있는지 가보기나 합시다."

비상 출동 차를 따라 털털대는 자동차를 끌고 도착한 곳은 '차사랑 카센터'. 기사님이 사장님 하고 부르자 주머니가 많이 달린 조끼를 입은 어르신이 대답도 없이 천천히 나오셨다. 어르신은 질문도 없이 시동을 걸어보시고는 맨손으로 보닛을 열었다. 그러고는 작은 계기판이 있는 기계를 연결하더니 손짓으로 나를 부르셨다.

"이 코일이 심장이랑 똑같은 거야. 이거 한 놈이 가만히 일직선으로 가지? 죽은 거야, 이거."

"고칠 수 있는 거예요?"

"그럼, 4개 중 1개가 죽었네. 죽은 놈 1개만 갈면 멀쩡해. 어디 보자."

어르신은 벽을 가득 메운 부품 서랍 몇 개를 천천히 여닫더니 조그만 코일을 하나 가져와 갈아 끼우기 시작했다.

"그럼 오늘 바래봉까지 올라가도 돼요?"

"당연하지. 서울 갔다 다시 와도 되지."

▲ 고마운 곳, 차사랑 카센터
▼ 차를 고쳤으니 다시 남원으로

주황색 경고등이 사라지고 카센터를 나설 때가 되자 어느덧 주위는 깜깜해져 있었다. 새하얗게 길가를 밝히던 벚꽃도, 나무 아래마다 가득하던 사람들도 보이지 않았다. 차가 고장 나는 바람에 가고 싶었던 한정식집은 포기해야 했지만, 살아난 자동차와 20킬로미터를 신나게 달려 남편의 입에 꼭 맞는 파리바게뜨에 도착했다.

서울에서는 만 원으로 해결할 수 있는 일이 여행을 하다 보면 10만 원으로도 해결되지 않을 때가 있다. 문제를 해결해주는 건 '따따블'이 아니라 처음 보는 누군가의 측은지심이다. 그날 긴급 출동을 나온 기사님이 나도 이제 퇴근 시간이니 댁들은 알아서 하라며 가버리셨다면, 카센터 사장님이 오늘은 영업 끝났다며 셔터를 내려버리셨다면? 우리는 털털대는 차를 끌고 시내로 가다가 도로 한가운데 멈춰 서거나 숙소를 찾아 헤매야 했을 것이다.

당일 배송, 새벽 배송에 빨래부터 슈퍼에서 아이스크림 사 오는 것까지 대행 서비스가 넘치는 서울에서는 최저가와 최단 시간을 골라 '일 시킬 사람'을 찾는 게 당연하게 느껴진다. 늦은 밤에 내가 못 하는 일을 대신해주는 사람에 대한 고마움은 '당신이 아니라도 그 일할 사람 많아'라는 생각 뒤로 사라져버린다. 두뇌 회전 빠른 여의도 직장인인 나는 가끔 어리숙하고 딱한 여행자가 되어서야 잊고 있던 '고마움'이라는 감정을 마주한다.

낯선 곳에서 길을 잃고, 막차를 놓치고, 짐을 잃어버리고, 타이어가 펑크 나는데 의연하게 대처할 수 있는 여행의 '신'은 없다. 다만 우리를 딱히 여기는 '사람들'이 지구 곳곳에 있을 뿐. 잘 돌아가는 톱니바퀴의 하나만 삐끗해도 언제든 대책 없는 이방인이 되고 마는 나는 그런 분들의 바짓가랑이를 붙잡은 덕분에 수만 킬로미터 떨어진 동네의 구석구석을 여행할 수 있었다. "아이고, 쟤네 어쩌냐" 하며 돌려받지도 못할 시간과 마음을 나눠준 사람들의 호의를 하나씩 주우면서.

지구 곳곳에 그런 사람들이 있는 게 기적이 아니면 뭘까? 그 기적의 힘으로 나는 매번 안전하게 영등포구로 돌아오고, 다시 겁도 없이 모르는 동네의 모르는 사람들을 보겠다고 비행기를 예약하고, 차의 시동을 건다. 어르신의 말씀은 맞았다. 우리는 그 2007년식 아반떼와 함께 바래봉을 오르고, 서울로 돌아갔다가 다시 남해로, 정선으로 열 번째 계절을 함께 맞고 있다.

3장   걸어갑니다,
       세계 속으로

방랑의 시작,
싱가포르

엄마 집에 가면 내 숟가락이 있다. 초등학교에 입학할 때 엄마가 사준 (다 큰) 어린이용 숟가락. 손잡이엔 빛바랜 금박 장식이 있고 크기는 어른 숟가락의 70퍼센트 정도 되는 작은 숟가락이다. 이제 생후 400개월을 훌쩍 넘겼지만, 엄마 집에 가면 꼭 그 숟가락으로만 밥을 먹는다.

작은 숟가락은 싱가포르에도 있다. 월세를 내고 나면 50만 원 남짓으로 한 달을 버텨야 했던 스물두 살, 아르바이트를 하러 가기 전 매일 저녁을 때우던 싱가포르 킬리니 로드의 토스트 가게에 있다. 더 이상 다음 달 생활비를 걱정하지 않게 되었을 때, 휴가로 싱가포르를 몇 번 다시 찾았다. 나는 항상 짐을 풀자마자 그 가게로 향한다. 비싼 레스토랑에서 기분을 내는 대신 매번 첫 끼는 킬리니 로드다. 언제나 1.5달러짜리 카야 토스트와 반숙 달걀, 라임 맛 아이스티를 시킨다. 반숙 달걀과 함께 나오는 티스푼은 낡디낡았고 가볍다. 애초에 유행을 따른 적이 없어서일까? 맛도, 공간도 2009년 그대로다. 하얀 타일과 천장이 병원처럼 보이던 인테리어도, 윙윙 소리를 내며 돌아가는 선풍기도 똑같다. 그 아래 두 줄로 가지런히 놓인 책걸상, 거기 앉으면 스물두 살의 내가 보인다. 묵직한 식기류가 코스별로 나오는 레스토랑엔 없는 혼란스러운 그때의 내가 여기 묻어 있다. 그래서 킬리니 로드에 온다. 기특한가 하면 한심하기도 한 어린 나를 만나 "으이구" 하며 어깨를 두드려주기 위해서다.

지금은 여행 프로그램을 만들고 여행 강연을 다니지만, 돌이켜보면 나는 또래보다 한참 여행을 덜 하는 학생이었다. 여행할 돈도 시간도 없었던 나는 하고 싶은 것도, 잘하는 것도 못 찾은 채 대학 4학년이 됐다. 날마다 학교 홈페이지의 인턴 공고 게시판을 확인했지만 상경계가 아닌 나를 찾는 곳은 없었다. 그러던 중 조회 수가 한 자리밖에 안 되는 영어 게시물이 눈에 들어왔다.

"싱가포르 미디어 기업 근무, 기간 6개월, 월급 600싱가포르 달러, 관련 전공 우대."

언론정보학과를 우대하는 기업이 있다고? 번역기를 돌려 지원서를 냈는데 서류 합격이 돼버렸다. 다음은 싱가포르 현지 대표님과의 전화 인터뷰. 예상 질문 50개를 뽑아서 끙끙대며 답을 적어 인쇄했다. 그러고는 방바닥 가득 인쇄한 종이들을 펼쳐놓고 전화 인터뷰를 했다. 질문을 듣고 관련된 내용이 적힌 종이가 있는 곳을 오가며 더듬더듬 답을 이어나갔다. 화상 인터뷰가 흔치 않던 시절이라 가능한 합격이었다. 그리고 인생이 바뀌었다. 인생이 바뀌는 여행이라면 인도, 아프리카, 남미쯤은 가줘야 폼이 날 텐데. 하지만 서울만 한 나라에서 보낸 6개월은 내 인생을 흔들어놓기에 충분했다.

싱가포르에서의 첫 출근길, 나는 하루아침에 시력이 좋아진 느낌을 받았다. 열대 나라에서 푸름을 내뿜는 나무들 때문이 아니었다. 어이없게도 사람들의 현란한 옷 색깔 때문이었다. 온갖 튀는 색깔의 옷을 입은 사람들, 바깥은 35도인데 색색의 스타킹에 부츠를 신은 사람들, 덩치가 꽤 있는데도 미니스커트를 입은 사람들이 차고 넘쳤다. 여름에는 흰 티셔츠에 청바지, 겨울에는 검은색 롱 패딩만 주로 봐온 나에게 이 나라는 표준이란 게 없는 총천연색 만화였다.

사무실에 도착하니 대만, 중국, 필리핀, 싱가포르, 말레이시아 사람들이 한데 뒤섞여 있었다. 공유하는 문화가 있어야 맥락을 읽고 눈치라는 게 생길 텐데 이런 조합에서는 '면접 프리패스상' 같은 공식이 통할 리 없었다. 깔끔한 외모, 눈치 있는 성격, 단정한 옷차림 그런 게 다 무슨 소용일까? 글로벌 대기업들이 즐비한 식당가에 가도 마찬가지였다. 플립플롭을 신은 사람은 있어도 재킷을 갖춰 입은 사람은 찾기 힘들었다. 면접에서 머리는 한쪽만 귀 뒤로 넘겨야 하는지, 면접 정장은 치마가 나은지 바지가 나은지처럼 나를 옭아매던 기준, 관념들이 세상의 법칙이 아니란 걸 깨닫는 데는 만 하루가 걸리지 않았다.

옆자리에 앉은 필리핀인 직원은 2년마다 직장을 옮긴다고 했다. 계약 기간 때문이 아니었다. 2년마다 다른 나라에서 살아보고 싶어서 이직을 하는 것이었다. 때는 2009년, MZ세대니 워케이션이니 그런 단어가 없을 때였다. 스무 살 입학, 스물네 살 취직까지 인생의 시간표가 꽉 짜여 있던 나에겐 있을 수 없는 일이었다.

나를 둘러싸고 있던 '한국인의 시간표'라는 커다란 비눗방울이 터져버린 건 그때였다. 이 나이에는, 이 학년에는, 여자는, 남자는 이래야 한다는 상식이 한순간에 쓸데없이 느껴졌다. 여기서 나 말고 누가 그런 걸 신경이나 쓸까? 이 시간표가 정해진 답이 아니라면, 이제 어떻게 살아야 하지? 2009년 2월, 태어나 처음 이방인이 되어 남들이 어떻게 사는지 구경해보게 됐고, 그렇게 내 인생의 방랑이 시작되었다.

함부로
DNA

싱가포르의 사무실 분위기는 자유로웠지만 내 어깨는 늘 경직되어 있었다. 평생 살아온 한국 사회의 문법이 족쇄인 동시에 일종의 보호막이란 걸 깨닫는 데는 오래 걸리지 않았다. 선생님 소리를 들어가며 과외 아르바이트로 돈을 벌었고 바보 취급당할 일 없었던 나는 더 이상 존재하지 않았다. 대신 주위를 두리번거리는 이방인이 있을 뿐이었다. 영어를 듣기에도 급급해 해야 할 말을 못 했고, 요령을 피우는 것은 고사하고 뭐든 필요 이상으로 해둔 다음에도 누군가가 부르면 가슴이 쿵쾅쿵쾅 뛰었다. 잔뜩 주눅 들어 있던 그때, 그 친구를 만났다.

"방금 네 프로필을 봤는데 꼭 너랑 같이 살고 싶어. 넌 어때?"

보통 방의 크기나 화장실 개수 같은 걸 먼저 묻기 마련인데, 이 친구는 좀 이상했다. 설마 남자인가? '이지 룸메이트' 사이트에 글을 올려서 나를 이지하게 봤나? 보낸 사람의 이름은 '플뢰르(Fleur)'였다. 네이버 영어 사전에 입력해보니 '여자 이름'이라고 나왔다. 일단 안심. 애타게 룸메이트를 구하던 중이었지만 상대가 너무 적극적으로 나오자 본능적으로 한 걸음 물러서게 됐다.

"우리 아파트에 방은 7개고 지금 10명이 살아. 인도네시아, 태국, 중국에서 온 대학생들이 대부분이라 넓고 조용한 집은 아니야."

"와, 다양한 문화가 섞인 집이겠다. 하우스 메이트들은 네덜란드 여자를 집에 들이는 걸 어떻게 생각해?"

당시 혼자 넓은 방을 쓰고 있던 나는 보름 안에 룸메이트를 구하지 못하면 쫓겨날 판이었다. 그래서 올린 글에 몇 명이 관심을 보였는데 플뢰르도 그중 하나였다. 그녀는 처음부터 좀 특이했다. 첫 이메일에서부터 싱가포르 생활이 어떤지 안부를 물었고(나를 언제 봤다고?), 방을 팔아넘겨야 하는 나보다 더 친절한 말투까지. 몇 번 메일을 주고받았지만 계약 기간이 맞지 않아 결국 룸메이트가 될 수는 없었다. 그런데 이 친구가 글쎄 만나서 저녁이라도 먹자는 게 아닌가?

한국인이 으레 하듯 "그래, 언제 한번 밥 먹자. 나중에 연락해"라고 답장을 보냈다. '죽기 전에 어쩌다 우리가 기적처럼 만나게 되면'이라는 뜻으로 쓴 마지막 인사였다. 그런데 플뢰르는 "이번 주 토요일 저녁 어때?"라며 나를 막다른 골목으로 밀어 넣었다.

우리는 보트키 거리의 펍에서 처음 만났다. 여전히 영어를 듣기도 말하기도 불편했던 나는 그럴싸한 핑계를 대서 약속을 깨려다 실패하고 자포자기한 상태로 그 자리에 나갔다. 그리고 그날 우리는 자정이 넘도록 서로의 인생을 탈탈 털었다. 그전의 나는 혹시나 틀릴까봐 새로운 문장을 말할 때마다 인터넷을 확인하다 말할 타이밍을 놓치곤 했다. 그런데 술이 취하니 영어가 술술 나왔다. 플뢰르는 소스라치게 맛이 짠 네덜란드 치즈를 선물로 가져왔는데, 그녀가 하는 질문들은 치즈 맛보다 더 충격적이었다.

"한국에서는 요즘 유행하는 제모 스타일이 뭐야?"

"싱가포르에서 큰 축제에 가봤어? 참, 여기 프라이드 페스티벌(네덜란드에서 게이 페스티벌을 일컫는 말)은 언제야?"

"싱가포르는 껌 반입이 법으로 금지되어 있다던데, 집에서 껌을 만들면 어떻게 돼?"

회색과 녹색이 섞인 눈동자에 포니테일로 묶은 옅은 갈색 머리, 무릎 아래까지 내려오는 캐주얼한 치마를 입고 작은 등산 가방을 멘 키 180센티미터의 플뢰르는 너무 멀쩡한 얼굴로 말도 안 되는 질문을 해댔다. 그러면서도 이메일에서 그랬듯 아주 친절하고 다정했다. IT 기업에서 인턴십을 하러 싱가포르에 왔다니 신분도 확실했다. 그날 플뢰르가 들려준 네덜란드인으로 '평범하게' 살아온 이야기는 싱가포르 거리의 알록달록한 옷차림만큼이나 문화 충격이었다. 그녀는 카약, 클라이밍, 테니스, 축구까지 못 하는 게 없었다. 학교를 다니면서 언제 그런 걸 배웠냐고 물으니 고등학교 방과 후에 매일 운동을 했다고 말했다.

"그럼 공부는 언제 해?"

"그럼 운동은 언제 해?"

그녀가 일하는 네덜란드 회사는 주당 근무 시간이 35시간이었다. 이거 봐라, 대충 사는 나라의 함부로 사는 인간이잖아? 해맑은 그녀를 속으로 조금 한심해하고 많이 부러워하면서 생각했다. 같이 다니면서 몇 달만 좀 함부로 살아볼까? 세계에서 가장 개방적인 나라의 친구가 인생에서 가장 주눅 들어 있던 나에게 굴러들어온 순간이었다.

그때부터 우리는 매주 만났다. 〈론리플래닛〉을 펼쳐놓고 도장 깨듯 싱가포르를 샅샅이 훑었다. 오차드 로드 쇼핑몰로 영화를 보러 가고, 클락키 펍에 축구를 보러 가고, 리틀인디아로, 부킷티마 숲으로, 국경 넘어 말레이시아의 티오만 해변까지 참 열

내 친구 플뢰르와 함께

심히도 돌아다녔다. 만나면 만날수록 우린 참 공통점이 없었다.

햇볕에 그을리지 않으려 피부를 꽁꽁 싸맸던 까만 나, 다리가 짧아서 미니스커트는 절대 입지 않던 나, 틀리게 말할까 봐 웬만해서는 먼저 입을 열지 않던 나는 그녀를 만나 지금의 내가 됐다. 피부색과 머리카락 색이 계절 따라 바뀌던 친구를 따라 나도 조금 함부로 살아보기로 했다. 내가 바꿀 수도 없는 것들로 스스로를 가두는 것은 그만두고 삶을 졸라매던 허리띠를 세 칸쯤 풀어버렸다.

"싱가포르에 오니까 자유로워서 좋아. 어떻게 해도 신경 쓰는 눈이 없는 것 같아서."

"그건 우리가 이방인이라서가 아닐까? 우린 여기 사람들의 미묘한 표정이나 뉘앙스를 읽지 못하고 사람들도 구태여 외국인에게 그런 걸 기대하지 않잖아."

플뢰르의 말에 고개가 끄덕여졌다. 흠, 우리가 눈치 없다는 거지? 눈치 좀 없이 사는 거, 그거 나쁜 거 아니네. 하지만 나는 한국으로 돌아가면 바로 취업을 준비해야 하는 4학년이었다. 그 언제보다 면접관의 눈치를 잘 살펴야 먹고살 길이 열린다는 걸 나는 알고 있었다. 취업이 된다 해도 여름휴가 며칠을 빼면 집, 회사, 집, 회사를 반복할 거고, 결국 이게 젊은 날 마지막 여행일 거란 생각에 절망감마저 느꼈다. 나는 한숨과 함께 긴

신세 한탄을 늘어놓았다.

"다 때려치우고 위트레흐트로 와. 졸업하면 실내 암벽 등반장을 열 건데 나랑 같이 그거 하자."

눈물이 그렁그렁한 눈으로 나를 위로하던 플뢰르는 정말로 몇 년 후 남자친구와 함께 실내 암벽 등반장을 열었다. 그리고 내가 해외 출장 중에 찍은 사진을 페이스북에 올릴 때마다 악성 댓글을 달고 있다.

"여행은 다시 못 할 거라며 세상이 끝난 듯 말하더니 나한테 거짓말한 거야?"

"아냐, 돌아다니는 게 일인 회사에 들어와서 이렇게 됐어."

거짓말이다. 나를 돌아다니게 만든 건 PD라는 직업도, 〈걸어서 세계 속으로〉라는 프로그램도 아니다. 스물두 살, 플뢰르를 만나면서 내 여행은 시작되었다.

피부가 까맣게 타고 머리가 젖도록 바다에서 놀고, 쳐다만 보던 노란 미니스커트를 입으니 궁금해졌다. 또 다른 남들은 어떻게 살까? 그전엔 남들이 나를 어떻게 생각할지가 궁금했는데 말이다. 그때부터 나는 시간과 돈이 한 줌이라도 모이면 인천공항으로 갔다. 그리고 일부러 4인실 도미토리를 예약해 저녁에는 낯선 나라에서 온 사람들의 호구조사를 하고, 아침이면 낯선 사람들과 낯선 도시를 돌아다녔다. 세상은 넓고 삶의 방식은 다양했다. 나는 세계를 수박 겉핥기 하면서 저렇게 살아도 괜찮구나, 안 망하는구나, 하는 근거 없는 자신감과 이해심을 한 움큼 갖고 인천으로 돌아왔다.

~~~~

5년 뒤, 여름휴가를 내고 네덜란드로 갔다. 실내 암벽 등반장 사장님이 된 플뢰르는 뒤뜰에 닭을 키우며 남자친구와 같이 살고 있었다. 그녀는 관광객인 나와 놀아주기 위해 암스테르담에 가서 난생처음 운하 유람선을 탔고, 이준 열사 기념관이 있는 헤이그까지 알찬 일정을 이끌었다. 재래시장에선 청어 절임을 먹이고 비린 맛에 찡그린 얼굴을 사진으로 남기는 것도 잊지 않았다. 한 가지 아쉬운 게 있다면, 자전거의 나라에서 자전거를 타지 못했다는 점이다. 세계에서 가장 키가 큰 나라에서 대여해주는 자전거는 키가 153센티미터인 나에게 너무 높았다. 180센티미터인 플뢰르는 나를 아이처럼 뒤에 앉히고 암스테르담을 돌아다녔다.

마지막 관광 코스는 홍등가였다. 해가 밝을 때 찾은 암스테르담의 홍등가는 서울의 청계천과 별반 다르지 않았다. 엄마와 아이가 손잡고 연등제를 보러 오고, 친구와 앉아서 커피 한잔하며 이야기를 나눌 법한 그런 장소였다. 좁은 운하 건너편에서는 성매매 업소들이 영업 중인데, 이쪽에는 솜사탕과 케밥

저 많은 자전거 중 내 키에 맞는 건 없었다

암스테르담 운하

을 파는 푸드 트럭이 많았다. 성매매 종사자들의 인권 문제를 들어 홍등가를 시외로 옮기려는 정치인들과 이를 반대하는 노동조합 사이의 이견이 좁혀지지 않고 있다는 플뢰르의 설명에 머리가 어질어질했다. 세상은 넓고 인간은 다양하구나, 생각하며 케밥을 먹는데 플뢰르의 친구 앤(Anne)이 말했다.

"한국에도 홍등가가 있어?"

"응, 몇 군데 있어."

"진짜? 그럼 서울 놀러 가면 가보자."

"절대 안 돼."

네덜란드의 '아무렴' 정신을 품고 한국에서 나름 '함부로' 살아가는 나지만, 이 친구들은 아직도 나를 시험에 들게 한다.

'편견을 없애기 위해 충분히 정진하였느냐? 그것이 최선이냐?'

플뢰르는 지금 튀르키예에서 새 남자친구와 암벽 등반가들을 위한 게스트하우스를 운영 중이다. 그녀는 알까. '평범한 일상'을 사는 튤립국의 여자가 내 삶을 이렇듯 평범하지 않게 바꿔놓았다는 걸.

'안 하던 짓'들이
모이면?

'혼자서, 배낭 메고, 최소 한 달은 해야 여행이지.'

벨트를 꽉 조인 35리터짜리 배낭, 양 갈래로 묶은 머리, 진정한 나를 찾겠다는 의지로 빛나는 눈. 스물두 살의 나는 '배낭여행'에 대한 환상으로 가득 차 있었다. 싱가포르에서 인턴십을 하면서도 늘 마음은 캄보디아의 어느 들판을 헤맸다. 놀기좋은 싱가포르에서 6개월 치 월급을 꼬박 모으며 금욕 생활이 길어질수록 환상은 점점 자가 증식을 해갔다. 틈틈이 〈걸어서세계 속으로〉와 〈세계테마기행〉을 복습하면서 그 환상은 구체적인 형태를 갖춰갔다. 어느 날 방송엔 여행자가 길에서 우연히 만난 아이들과 비눗방울을 불며 노는 모습이 나왔는데, 헤어질 때 연필을 나눠주며 진한 포옹을 하는 걸 보고는 살짝 눈물이 날 뻔했다. 그래, 저게 여행이지! 배낭의 바깥 주머니에 풍선과 연필을 넣어놓은 건 그 때문이었다.

막상 떠난 여행은 〈걸어서 세계 속으로〉처럼 순탄하지도, 〈세계테마기행〉처럼 온 마을이 나를 환영하지도 않았다. 캄보디아의 왓 프놈에는 나와 한가롭게 풍선을 불며 놀 아이들이 없었다. 눈이 마주칠 때마다 "원 달러"를 외치는 아이들에게 거리는 일터였다. 용건이 분명한 그 눈빛에 여행자의 낭만이 낄 틈은 보이지 않았다. 서울에서 같은 동네에 사는 아이와 인사도 해본 적 없으면서 무슨 헛꿈을 꿨던 걸까? 평소 안 하던 짓을 할 때마다 탈이 났다. 시엠립에서 프놈펜으로 가던 페리에서는 서양인들을 따라 갑판에 누웠다가 팔의 살갗이 완전히 벗겨져버렸다. 자외선 차단제도, 태닝 오일도 없이 구워진 팔은 여행 내내 불타듯 아팠다.

물건값 깎는 데 소질이 없는 나는 모토(오토바이)를 타는 것조차 힘들었다. 대중교통이 없는 곳에서 혼자 여행할 땐 매 순간이 흥정이다. 길가에 늘어선 모토 기사들의 휘파람 소리를 일단 뿌리치고, 적당히 관상을 살핀 뒤 다가가서 협상을 시작할 때마다 신경이 곤두섰다. 킬링필드까지 3달러에 가달라는 말에 기사는 흔쾌히 고개를 끄덕이더니 내 10달러를 가져가

캄보디아 리엘화로 5달러가 안 되는 돈을 거슬러줬다.

"3달러에 간다고 했잖아요."

"오늘 우리 환율이 그래요. 다른 기사들한테 물어봐요."

뒤에서 낄낄거리는 한 무리의 기사들을 보고 질려버린 나는 빨리 그곳을 떠나고 싶었다. 나를 비웃은 기사의 뒤에 앉아 40분을 달려 도착한 곳은 초응억 학살 박물관(Choeung Ek Genocidal Center)이었다.

크메르루즈 정권이 무고한 시민들을 처형했던 곳에는 3000개의 두개골이 탑처럼 쌓여 있었다. 이미 마음이 힘들었지만 가이드북에 별표가 되어 있는 곳이니 꼭 봐야만 했다. 이곳에 다시 올 시간도 돈도 없을 것만 같던 나는 꿈꾸던 여행을 단번에 해내고 싶었다. 여행 프로그램에 나오는 것처럼 알차게 명소도 보고 우연히 만난 현지인 집에 초대도 받는 그런 여행. 하지만 현실의 나는 현지인들과 기 싸움만 하다가 날이 선 꽁한 관광객이었다. 설상가상으로 숙소에서 남은 여행 자금의 전부인 300달러를 잃어버렸다. 그때 마침 옆 나라 라오스를 여행하고 있던 친구 플뢰르에게서 페이스북으로 연락이 왔다. 갑자기 내 편이 생긴 듯 든든해진 나는 플뢰르와 라오스 팍세에서 만나기로 하고 한 톨의 미련도 없이 캄보디아를 떠났다.

10시간 넘게 봉고차를 타고 도착한 팍세. 그런데 팍세에 도착하니 플뢰르와 연락이 되지 않았다. 스마트폰이 없던 시절 계획도 없이 찾아간 팍세는 우기의 한복판이었다. 장대비가 내리던 밤, 펑펑 울며 곰팡이 핀 속옷을 빨면서 다짐했다. 내가 다시 여행을 하면 사람이 아니다.

사흘 동안 연락을 위해 PC방과 카페만 오간 나는 플뢰르에게 최후의 메시지를 남겼다. 오늘 저녁 6시까지만 기다릴 테니 〈론리플래닛〉 팍세 파트의 식당 목록 중 맨 위에 있는 곳으로 오라고. 그날 오후, 식당에 앉아 온갖 험한 말이 적힌 일기를 쓰고 있는데 등 뒤에서 누군가 내 이름을 불렀다. 툭 건드리면 울기 직전의 나는 그렇게 플뢰르와 재회했다.

우리는 메콩강 하류 4000개의 섬 중 하나인 돈뎃으로 향했다. 이제부터라도 열심히 여행하리라 마음을 다잡고 간 돈뎃은 '아무것도 안 하기'로 유명한 곳이었다. 할 일이라고는 자전거를 타고 손바닥만 한 동네를 돌아다니는 것, 굳이 보지 않아도 그만인 폭포와 다리를 보는 것이 전부였다. 해먹에 누워 메콩강의 흙탕물을 바라보며 책을 읽다 졸기를 반복했다. 산산조각 났던 마음이 지루함으로 서서히 아물어가자 궁금해졌다.

"왜 하필 돈뎃으로 오자고 한 거야?"

"여기에 별은 많고 사람은 없다더라고. 네가 항상 싱가포르랑 완전 다른 데로 가보고 싶다고 했잖아."

나도 잊어버린 내 여행의 이유를 플뢰르는 기억하고 있었다.

"진짜 다행인 게 뭔지 알아? 팍세에 하루만 늦게 도착했으면 너를 못 보고 네덜란드로 돌아갈 뻔했다는 거야."

아무것도 안 하고 흘려보내는 시간이 더 이상 별로 아깝지 않았다. 흐르는 메콩강을 바라보며 드디어 나를 찾았냐고? 아무것도 하지 않는 게 진정한 여행이라는 걸 깨달았냐고? 아니다. 그런 건 없다는 걸 깨달았다. 여행도 그냥 삶이었다. 죽을 만큼 밉다가 눈물 나게 고맙기도 하고, 시간이 아깝다고 종종대며 다니다가 푹 퍼져서 며칠을 보내기도 하고, 1달러를 깎겠다고 얼굴을 붉히다가 300달러를 허무하게 잃어버리기도 하는 게 여행이었다. 인생의 고민과 번뇌를 알아서 날려주는 마법 같은 여행은 없었다.

캄보디아, 라오스 여행은 실패였다. 영혼까지 끌어 모은 휴가와 전 재산을 털어 넣고도 잘 쉬지도, 잘 놀지도 못했다. 대신 몇 년간 띄엄띄엄 겪어야 할 시행착오를 한 달에 몰아서 겪었다. 눈물 나게 외로워도 보고 날마다 낯선 이들과 부대껴도 보고 명소 도장 깨기, 현지인과 싸우기, 종일 아무것도 안 하기까지 평소의 나라면 영영 하지 않았을 경험들을 매일 온몸으로 받아냈다. 오늘 뭐 할지 상의할 친구도 없고 해야 할 일도 없는 백지 같은 날들이 이어졌다. 그런데 그 백지를 서른 장 채우고 나니 비로소 놓아도 되는 게 무엇인지, 놓고 싶지 않은 게 무엇인지가 보였다.

나는 해가 떠 있는 동안은 밖에 있어야 하는 사람이었다. 더울 때 시원한 실내에 있는 것이 답답했다. 대신 깨끗한 사무실, 편안한 잠자리, 멋진 커리어 우먼으로 살아가는 내 모습은 없어도 그만이라는 걸 깨달았다. 지레 겁먹고 포기했던 PD 시험을 보기로 마음먹은 건 그 여행 덕분이었다. 또 한 가지, '여행다운 여행'이라는 환상에서 깨어났다. 여행이 별거 없다는 걸 일찍 깨달은 덕에 오히려 여행을 가끔 만나는 평생 친구로 둘 수 있게 되었다.

서른다섯 살의 나는 가끔 1인당 2만 원 하는 단체 관광버스도 즐겨 탄다. 올해도 단풍철이 되면 새벽 6시 깜깜한 신도림역 앞에서 어르신들 틈에 섞여 버스를 타고 월정사로, 내장산으로 떠날 것이다. 남편은 어느새 기사님 옆 가이드석에 앉아가는 내내 셔터를 눌러댈 테고, 뒷자리 아주머니들의 이야기 소리에 잠이 깬 나는 아주 잠시 짜증이 났다가 이내 그 이야기를 ASMR 삼아 창밖을 바라볼 것이다. 전나무 숲길을 보고 막걸리는 어디서 마실 건지, 다음 주 단풍 절정은 어딘지, 자가용이 있지만 이럴 때는 왜 버스를 타야 하는지…. 어쩌면 여행은 그런 적절한 소음을, 익숙지 않은 불편을 찾아가는 길일지도 모른다. 그 길 위에서 남들 사는 모습을 구경하다 일상으로 돌아오면 내 삶이 왠지 조금 낯설고 또 기특해 보이기도 하는 그냥 그런 것.

3박 5일 패키지여행이든, 혼자 하는 세계 일주든, 맛집만 돌아다니다 오는 여행이든, 동행과 싸우고 눈도 마주치지 않는 여행이든, 일상의 모든 '안 하던 짓'은 그 사람의 삶에 색을 칠한다. 그게 쌓이면 눈, 코, 입은 아니라도 표정쯤은 만들지 않을까. 대단한 여행가를 꿈꾸던 나는 평범한 직장인이 되었다. 하지만 평범한 직장인이라는 거푸집을 조금씩 벗어나는 내 모습은 나의 여행들이 만들어준 것이다. 그래서 고맙다. 언제부턴가 인천공항에 돌아온 순간 들리는 한국어가 반가운 것만으로도 늘, 여행이 고맙다.

여행의 흔적이 가득한 우리 집 현관.

발코니에 있는 인형 컬렉션.
모두 여행지에서 온 친구들.
밤에 보면 무서울 수 있다.

여행지에서 사는 것,
더 이상 사지 않는 것

파타고니아의 어느 터미널에서 산 조악한 자석을 보며 '별 데를 다 갔네' 하고 스스로를 기특해하는 날이 있다. 그런가 하면 시장을 두 바퀴나 돌며 고르고 고른 베트남 모자는 이삿날마다 '이걸 버려, 말아?'의 위기를 가까스로 넘긴다. 오랜 시행착오를 거쳐 요즘은 당장 먹어 없앨 수 있거나 평생 간직할 수 있는 것만 사오는 편이다. '도쿄 쇼핑 리스트', '파리에서 사면 훨씬 싼 브랜드' 이런 것들에는 관심이 없다. 딱히 필요 없는 물건을 사는 데 드는 시간이 돈보다 아까운 직장인이니까.

유명한 술과 조금 독한 술

〈걸어서 세계 속으로〉 사무실은 보통 텅 비어 있다. 절반은 여행 중이고, 나머지는 편집실에 틀어박혀 있거나 원고를 쓰고 있어서다. 분기에 한 번쯤 날을 잡아 전부 모일 때 PD들은 출장지에서 가져온 술병도 같이 데려오곤 한다. 그 회식에 가져갈 유명한 술 1병, 엄마를 위해 조금 독한 술 1병을 산다.

인형

사람들을 데려올 수는 없으니 대신 인형들을 데리고 온다. 이불을 망토처럼 두른 레소토 고원의 양치기들, 알프스의 피리 부는 아이들, 발목까지 오는 빨간 치마를 입은 니즈니노브고로드의 산타, 방그라 댄스를 추는 펀자비 커플까지. 그립고 그리운 사람들을 닮은 인형들을 발코니 한쪽 벽에 모아뒀다. 놀러 온 친구들을 발코니에 데려가려면 깜짝 놀란다. 밤에 보면 많이 무섭다고 한다.

자석

아르헨티나에서 혼자 야간 버스를 타고 다니던 출장 막바지, '코모도로리바다비아'라는 곳에서 다음 버스를 기다리며 하룻밤을 보냈다. 그 긴 도시 이름을 보니 '살다가 언제 여길 또 와 볼까', '내가 여기 와 봤다고 하면 누가 믿을까' 하는 생각이 들어 도시 이름이 적힌 자석을 하나 샀다. 그때부터 자석을 모았더니 현관문이 세계의 도시들로 가득 찼다. 그 문을 밀고 출근할 때마다 '내 비록 지금 영등포에 있지만'이라 되뇌며 다시 떠날 궁리를 한다.

좋아하는 책의 원서 또는 악보

노르웨이 음악가 그리그의 생가에서는 〈트롤하우겐의 결혼식〉 악보를, 부에노스아이레스의 서점 엘 아테네오에서는 보르헤스의 《픽션들》을 샀다. 좋아하는 작가가 살던 곳에서 그곳의 언어로 쓰인 책을 사고 괜히 동네를 한 바퀴 돌아본다. 이런 풍경을 보고 그런 생각을 하며 글을 남겼군요. 고맙습니다.

더 이상 사지 않는 것

친구가 가는 곳마다 술잔을 산다고 해서 생각 없이 따라 사기 시작했다. 부엌 수납장은 비좁아지는데 정작 술은 거의 마시지 않으니 이게 뭐 하는 짓인가 싶어 그만뒀다. 도시 이름이나 상징물이 들어간 티셔츠를 모은 적도 있다. 그런데 1년에 만들어지는 옷이 1000억 개가 넘는다는 걸 안 뒤로는 재미로 옷을 사지 않는다.

나의 오래된 여행 친구,
아에로플로트

"도움이 필요하시면 승무원은 도와주겠다."

아에로플로트(러시아항공)는 늘 새롭고 짜릿하다. 러시아인 승무원이 읽는 한국어 기내 방송을 듣고 있으면 좌석 벨트의 버클을 채웠을 뿐인데 이미 우랄산맥을 넘은 듯한 착각이 든다. 천성이 무뚝뚝한 친구가 본성을 거슬러 있는 힘껏 친절해 보려고 애쓰는 모습, 딱 그거다. 그런 자기 자신에게 문득 화가 나 까칠해졌다가 무안을 주고받는 서로가 안쓰러워질 무렵 비행기는 모스크바 공항에 도착한다. 잔뜩 흐린 하늘, 활주로 바닥에 쌓인 눈 위로 바퀴가 철퍼덕 내려앉는 순간 박수를 보내는 사람이 꼭 한 명은 있다.

예정보다 1시간 늦게 출발한 비행기는 티켓에 적힌 시간보다 더 일찍 도착한다. 아에로플로트와 함께한 세월이 쌓이면 비행기가 제때 이륙하지 않아도 더 이상 불안하지 않다. '미안하면 좀 더 밟으시겠지' 생각할 뿐이다. 다다익선 여행을 즐기는 나에게 아에로플로트는 꽤나 오래된 여행 친구다. 선뜻 타고 싶진 않지만 별다른 대안이 없어 타게 되면 딱히 별일은 일어나지 않는 서울 지하철 1호선 같은 비행기. 2013년 여름 스페인 마드리드로 나를 데려다준 이래 아에로플로트는 내 서쪽 여행의 대부분을 함께했다. 당시 아에로플로트는 메이저 항공사 중 '현금가'가 있는 거의 유일한 항공사였다.

카드 결제가 안 되니 할부 따위는 불가능했고, 예약 후 몇 시간 안에 지정된 계좌로 입금을 해야 발권이 이루어졌다. 어느 유럽 도시든 최저가순으로 정렬하면 예외 없이 맨 윗줄에 있던 아에로플로트는 7, 8월 성수기에도 100만 원이 넘는 법이 거의 없었다. 대신 현금가 항공권은 교환이나 환불이 어려웠다. 이런들 어떠하리 저런들 어떠하리, 휴가를 내면 노빠꾸인 나에게는 문제가 되지 않았다. 싸다고 시간이 오래 걸리는 것도 아니었다. 비행편이 많아서 유럽 어느 도시든 인천에서 15시간 안에 도착할 수 있는 것도 (시간마저) 가난한 여행자에게는 큰 매력이었다.

사실 여행자들 사이에서는 아에로플로트에 관한 몇몇 괴담

나의 오랜 여행 친구, 아에로플로트를 소개합니다

이 전해 내려온다.

"수하물은 다음 날 따로 도착한다더라."

"무사히 착륙하면 승객들이 박수를 보낸다더라."

"승무원에게 뭔가 요구하면 혼난다더라."

아에로플로트를 열 번 넘게 탄 경험에 비춰볼 때 반은 맞고 반은 틀렸다. 아에로플로트도 할 말 있고, 승객도 할 말이 있다. 러시아-우크라이나 전쟁 전까지만 해도 혼자 가는 여행이나 남편과 함께하는 여행에서는 아에로플로트를 즐겨 탔다. 하지만 예고 없이 바뀌는 게이트를 향해 전속력으로 뛸 수 없는 효도 여행, 연결 항공편을 놓치면 큰일 나는 빡빡한 출장일 경우엔 눈 딱 감고 다른 항공사를 선택했다.

10년 전 인천공항에서 만난 아에로플로트의 첫인상은 독특했다. 동계올림픽에서나 보던 금발에 차갑도록 파란 눈의 탑승객이 많을 거란 예상은 빗나갔다. 수하물을 보내려고 길게 늘어선 줄에는 친근한 외모의 중앙아시아계 남성이 많았다. 엉성한 쇼핑백에 반쯤 들어가 있는 커다란 곰 인형과 장난감, 뜯지도 않은 과자와 라면 상자, 김을 가득 든 이들의 얼굴에는 설렘과 피곤함이 섞여 있었다. 모스크바를 거쳐 오랜만에 고향의 가족을 보러 가는 아버지들의 국제 셔틀버스, 그 틈에 나와 같은 홀로 여행객들이 드문드문 자리를 채우고 있었다.

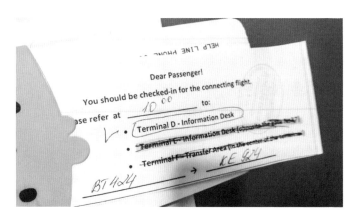

게이트 번호가 자주 바뀌는 아에로플로트

식사 시간이 되면 승무원들은 OX 퀴즈를 내듯 "Chicken or pork?"를 반복하며 생각할 틈을 주지 않는다. 미처 답변을 준비하지 못한 앞자리 승객의 당황한 눈빛과 승무원의 한숨 소리에 긴장한 나는 미리 자세를 고쳐 앉는다. 제때 큰 소리로 한 번에 대답하자. 승무원의 눈을 바라보며 재깍 답변을 하고 "Thank you"를 덧붙이면 가끔 입가에 스치는 시크한 미소도 볼 수 있다. '밥 잘 사주는 무서운 누나' 아에로플로트는 적어도 승객을 절대 굶기지는 않는다. 모스크바에서 다른 유럽 국가로 가는 한두 시간 남짓한 비행에도 아에로플로트는 식은 샌드위치나 스낵이 아닌 제대로 된 한 끼를 꼭 챙겨줬다. 2013년 당시 무시무시했던 모스크바 공항 물가에 아무것도 사 먹지 못하고 탄 비행기에서 그 한 끼가 얼마나 고마웠는지. 무심하게 던져주는 기내식은 참 따뜻했다.

유럽에 갈 때마다 아에로플로트를 타다 보니 모스크바 셰레메티예보 공항도 자주 가게 됐다. 터미널 D에 도착하자마자 중앙 기둥 앞의 데스크로 가서 환승 게이트가 바뀐 건 아닌지 전광판과 직원에게 더블 체크를 하고 면세 구역으로 가는 동선은 눈 감고도 그릴 수 있을 정도다. 이건 10년 전이나 지금이나 좀처럼 변한 게 없는 셰레메티예보 공항 터미널 D 덕분이기도 하다.

설마 아직 그대로일까 하고 가보면 역시나 그 자리에 그대로 있는 기념품 가게는 파는 물건도 10년 전과 소름 끼치도록 똑같다. 내 방에도 있는 6개들이 미니 마트료시카와 눈인사를 하고 설마설마하며 맞은편을 돌아보면, 영원히 그 자리에 있을 것 같은 패밀리레스토랑 TGI Fridays가 보인다. 그동안 떨어진 루블 환율과 조금 좋아진 내 주머니 사정 덕분에 2015년쯤에는 커피를 한잔 시킬 수 있는 여행자가 됐다. 물론 좀 여유를 부려볼까 하면 아에로플로트는 출발 30분 전에 기습적으로 게이트를 바꾸었고, 나는 뜨거운 커피를 급히 삼킨 채 넓은 공항을 전속력으로 달려야 했다. 하지만 모스크바 공항을 그렇게 자주 가면서도 밖으로 나가본 적은 없었다. 호기심은 있지만 막상 혼자 여행하기엔 이런저런 걱정이 앞선 러시아였다. 오며 가며 자주 보지만 '오늘은 아니야' 하며 한 번도 오르지 않은 관악산처럼.

그러는 동안 여권에는 핑크색 러시아 환승 스탬프가 하나둘 늘어났다. 공항 밖으로 한 발도 내딛지 않고 받은 스탬프가 다른 어느 나라의 스탬프보다 많아진 것이다. 키릴 문자를 전혀 모르는데도 스탬프의 윗줄은 '러시아', 아랫줄은 '셰레메티예보'라는 걸 눈치로 읽게 된 어느 날이었다. 공짜로 받은 스탬프들이 어느새 마음의 짐으로 느껴졌다. 이렇게 눈 딱 감고 또 지나갈 거야? 다음 방송일이 정해지지 않아 모처럼 여유 있는 귀국길, 나는 결심했다. 그 '언제 한번'이 온 것이다.

여행을 망치지 않는
한 가지 방법

2016년 10월, 무슨 생각이었는지 독일 여행을 마치고 귀국하는 길에 모스크바에서 1박을 해보기로 했다. 지금은 남편이 된 남자친구는 라트비아가 소비에트 연방이던 시절에 태어나 러시아어가 유창했다. 원어민도 있겠다 관광 지도나 하나 얻어서 슬슬 돌아다녀보자는 생각이었다. 그렇게 처음으로 셰레메티예보 공항의 '환승'이 아닌 '도착' 줄에 섰다. 남편이 러시아어로 인사를 건네며 먼저 여권을 내밀었다. 입국 심사관은 여권을 살피더니 남편과 꽤 긴 대화를 나눴다.

"나 공항을 못 나간다는데. 비자가 필요하대."

"뭐? 왜? 아니, 그러니까… 왜?"

한국인도 무비자인데 바로 옆 나라인 라트비아인이 비자가 필요하다고? 당황한 나는 내 여권도 같이 내밀었다. 입국 심사관은 질문 하나 없이 입국 도장을 쾅 찍어줬다. 남편이 우린 같이 여행 중이고, 자기는 한국에 거주 중이며, 여행이 끝나면 라트비아가 아니라 한국으로 돌아갈 거라고 읍소를 해도 당연히 통하지 않았다. 전략을 바꿔 돈을 많이, 아주 많이 내면 도착 비자를 받을 수 있냐고 했더니 그런 건 없다고 했다.

"아니, 바로 옆 나란데 비자가 필요하다고? 소련에서 태어났는데 러시아에 입국을 못 하는 게 말이 돼?"

"한국도 옆 나라들이랑 엄청 친한 건 아니잖아."

의외의 순간에 침착한 그의 한마디에 이성이 돌아왔다. 남편은 어릴 적 길에서 맞으며 배운 러시아어로 환승 비자를 물어봤지만 씨도 안 먹혔다. 옥신각신하던 그때가 토요일 오후 11시, 한국행 비행기는 다음 날 오후 9시. 남편은 공항에서 한 발자국도 못 나갈 형편이고, 우린 이미 모스크바 공항 근처에 있는 숙소를 예약해둔 상태였다. 같이 공항에서 노숙을 하거나 혼자 공항을 나가 모스크바 여행을 하거나 둘 중 선택해야 하는 상황. 나는 다음 휴가가 언제인지 알 수 없는 속세의 직장인이었다. 이 남자는 서울에서도 매일 볼 수 있지만 모스크바는 언제 봐? 게다가 남편은 그때나 지금이나 밑도 끝도 없이 긍정적인 사람이었다. 자신의 입국을 매몰차게 거절한 입국 심사관에게 무료 와이파이 비밀번호를 받아내고 같이 잡담을 나누고 있는 남편을 보니 혼자 둬도 괜찮겠다는 확신이 들었다. 일단 호텔에 가서 너라도 편하게 자라는 그의 의견도 꽤나 논리적이었다. 그래, 모스크바로 가자!

구글 번역기를 켜고 러시아인 여럿을 귀찮게 한 끝에 숙소에서 보내준 승합차를 찾아 탔다. 가로등도 없는 비포장 도로 위에서 심신이 흔들리며 아주 잠깐 그냥 공항에 있을걸 후회도 했지만, 일단 너무 피곤했다. 생각보다 멀리 간다 싶을 때쯤 '황금 상어'라는 간판이 보였다. 방문을 여니 2주간 유럽 여행에서 구경하지 못한 공짜 물 1리터가 놓여 있었다. 보드카 병처럼 생긴 라벨을 꼼꼼히 살펴보고 천천히 한 모금을 마시자 비로소 모스크바에 온 게 실감이 났다.

다음 날, 점심 시간이 다 되어 숙소를 나섰다. 모스크바 반일치기의 목표는 소박했다. 그 유명한 붉은 광장에 한번 서보고 공항으로 돌아가는 것. 그런데 지하철역부터 남편에게 얘기할 거리가 쏟아졌다. 지하철 개찰구의 가림막은 속도와 강도가 가히 개작두라 할 만했다. 티켓을 제대로 찍지 않고 우물쭈물하면 세게 얻어맞기 딱 좋아 보였다. 좁고 가파른 에스컬레이터는 체감상 서울 지하철역보다 2배는 빨랐는데, 정신을 똑바로 차리지 않으면 넘어질 것만 같았다. 전시에 방공호로 사용하기 위해 만들었다는 역은 깊어도 너무 깊었다. 지하철은 커다란 쇳소리를 내며 급정거를 반복했고 객차 안은 대화가 불가능할 정도로 굉음과 진동이 엄청났다.

하지만 다리를 어깨너비로 벌리고 정신을 차리면 모스크바 지하철은 그 자체로 예술이었다. 새하얀 대리석 천장이 아치를 이루고 샹들리에와 조각상, 섬세한 부조, 스테인드글라스가 사 방을 채운 지하철역은 박물관을 연상케 했다. 그러거나 말거 나 관심 없다는 듯 빠른 속도로 걷는 사람들을 보니 더욱 경외 심이 들었다. 이 정도의 예술품은 모스크바에서 발에 차인다는 건가? 테아트랄나야역에 내려 지상으로 나가자 과연 그렇구나 하는 생각이 들었다. 지하철역은 박물관 같더니 국립역사박물 관은 으리으리한 성 같았고, 크렘린궁 성벽인가 했던 웅장한 건물은 백화점이었다. 테트리스 게임에서나 보던 알록달록한 성 바실리 대성당은 차라리 귀엽게 보였다.

무심하게 각이 지고 대담하게 칠한 붉은색과 금색의 성당, 궁전들에 비하면 그간 보아온 유럽의 수도들이 아기자기하게 느껴졌다. 혼자 감탄하며 인파를 따라 이동하다 보니 어느새 티켓을 사기 위한 긴 줄의 끝에 다다랐다. 급할 것도 없어 팸플 릿을 천천히 읽으며 기다릴 요량이었는데 할머니 두 분이 내 앞으로 쑥 끼어들었다. 순간 대여섯 분의 할머니가 또 내 앞으 로 비집고 들어왔다. 어정쩡하게 서 있던 그때 시원한 목소리

가 정적을 깼다.

"Hey, hey, hey. Line, line, line!"

희끗희끗한 긴 웨이브 머리 위에 선글라스를 얹은 할머니 한 분이 새치기한 할머니들 앞을 막아섰다. 그녀는 속사포처럼 빠른 말을 쏟아내며 삿대질로 그들을 줄 밖으로 내보내버렸다. 정확히 내용을 알아들을 순 없었지만 '바보', '기다리다' 같은 스페인어 단어가 귀에 들어왔다. 늦잠 자는 버릇을 고치려 토요일 오전 9시 반 스페인어 수업을 들은 적이 있는 나는 슬라브의 얼음을 뚫는 라틴의 열기를 알아보았다. 러시아 할머니 다섯을 이기는 멕시코 할머니 엘사 스테너. 그렇게 반나절을 함께할 동행이 생겼다.

"킴, 당신도 혼자 왔어요?"

"아, 남자친구는 공항에서 기다리고 있어요. 라트비아인인데 러시아에 오려면 비자가 필요할 거란 생각을 못 했어요. 웃기죠?"

"웃을 일이 아니죠. 미국에서는 트럼프가 멍청한 장벽을 세우고 있는데, 세상이 어찌 되려는지 정말 한심하다니까요."

그녀는 여행에 도무지 도움이 될 것 같지 않은 커다란 숄더백을 메고도 나보다 걸음이 빨랐다. 우리는 세계에서 가장 크다는 차르의 종 앞에서 셀카를 찍고, 1000명의 화가가 동원되었다는 성모 승천 성당의 이콘화를 올려다보며 함께 말을 잃었다. 성큼성큼 걷는 엘사 할머니를 따라다니다 보니 넓고 막막하게만 느껴지던 붉은 광장이 서울의 올림픽 공원처럼 친근하게 느껴졌다. 무엇이 그렇게 겁났던 것일까? 다 사람 사는 곳인 것을. 흥정도 잘하고 술도 잘 마시는 엘사 할머니와 함께 마음에 꼭 드는 마트료시카 인형도 사고, 러시아 맥주까지 한잔한 뒤 연말 데킬라 회동을 기약하며 6시 정각에 헤어졌다.

모스크바에 오길 참 잘했다. 계획 없이 느지막이 나섰지만 하고픈 걸 다 하고 친구까지 얻은 알찬 하루였다. 멕시코로 돌아간 엘사 할머니는 페이스북에 올린 나의 결혼 소식에 누구보다도 열정적인 축하 댓글을 달아주었고, 요즘도 과달라하라에 언제 올 거냐며 종종 메시지를 보내곤 한다.

반나절 여행을 마치고 비행기 탑승 시간 1시간 30분 전 공항에 도착했다. 여권을 살피던 체크인 카운터의 직원이 고개를 들어 나를 보며 웃었다.

"아, 당신이 킴이군요. 남자친구가 몇 번이나 왔었어요. 킴이라는 사람 아직 체크인 안 했냐고."

휴대폰 배터리는 벌써 몇 시간 전에 바닥난 상태. 시간 맞춰서 잘 찾아가겠다고 했지만 기다리는 사람은 어째 불안했던 모양이다. 급히 출국 심사대를 지나니 인포메이션 데스크에서 직원들을 괴롭히고 있는 라트비아인이 눈에 들어왔다. 옥토버

차르의 종 앞에서 엘사 할머니와 함께

페스트에서 산 독일 전통 모자를 쓴 모습이 나만 웃긴 건 아닐 텐데. 덜 부끄러울 타이밍을 기다리며 몇 발자국 떨어져 바라보고 있으니 귀신처럼 눈치를 챈 남편이 뒤를 돌아봤다.

"이 사람이에요. 이 사람이 제 여자친구예요. 후, 드디어 왔네. 드.디.어!"

"아, 당신이 킴이군요. 모스크바는 어땠어요?"

세레메티예보 터미널 D의 모든 아에로플로트 직원이 혼자 붉은 광장을 보러 간 킴을 아는 듯했다. 안도감에 웃음이 나면서도 민망함에 귀가 빨개졌다.

"공항에선 뭐 했어? 엄청 지루했지?"

"아냐, 나 완전 공항 전문가 됐잖아. 비행기가 어떻게 탑승구랑 연결되고, 기내식 차는 언제 오고, 수하물은 언제 싣는지 완전히 이해했어. 우리 가방 들어가는 것까지 직접 봤다니까."

그렇게라도 즐거우셨다면 다행입니다. 밑도 끝도 없이 긍정적인 남편과 따로 또 같이 1박 2일 모스크바 여행은 그렇게 끝났다. 탑승 시각이 되자 스피커에서 또렷하게 나오는 '인천'이 평소와는 달리 반가웠다. 별 탈 없이 집으로 돌아가는 게 당연한 일이 아님을 알게 되어서일까.

여행 강연에서 늘 빠지지 않는 "어떡해요?" 유형의 질문들이 있다. 특히 첫 해외여행을 준비하는 분들은 걱정이 많다.

"여권을 잃어버리면 어떡해요?"

"비행기를 놓쳐서 일정이 흐트러지면 어떡해요?"

모든 여행자에게 그건 당연히 '큰일'이다. 어떻게 낸 시간인데, 어떻게 모은 돈인데…. 동행에게 민폐를 끼칠 걸 생각하면 차라리 혼자인 게 낫겠다는 생각이 들 만큼 앞이 캄캄해진다. 대부분의 질문에 그렇듯 죄송하게도 나는 어떤 꿀팁도 갖고 있지 않다. 다만 '다행이다'와 함께 심호흡을 한번 하고 상황을 받아들이라고 말씀드린다. 비행기를 놓쳤지만 출장이 아니고 휴가라서 다행이다, 예약하고 못 가게 된 호텔이 1박에 100만 원이 아닌 5만 원짜리라 다행이다, 일정은 망쳤지만 몸은 다치지 않아서 다행이다, 남편이 러시아엔 못 들어가지만 러시아어라도 할 줄 알아서 다행이다, 우리는 젊어서 다음에 또 오면 되니까 다행이다…. 계속 다행인 이유를 찾다 보면 '큰일'도 언젠가 웃으며 이야기할 수 있는 시트콤이 되지 않을까? 불운과 행운은 세트로 찾아온다는데, 나쁜 일이 하나 생겼으니 이제 좋은 일이 생길 차례니까.

라트비아

얼어붙었던 다우가바강에 푸른 물결이 흐르고
햇볕을 되찾은 광장에 노랫소리가 흐르면
발트해의 초록빛 여름이 깨어난다.

남아프리카 공화국

피부색에 따라 아이들의 삶이 정해지던 때가 있었다.
오늘은 큰 아이가 북을 치고
그 뒤에 선 작은 아이는 북소리에 맞춰 춤을 춘다.
이 당연하고 아름다운 풍경을 위해 꽤나 먼 길을 돌아와야 했던 나라.
누구의 것도 아닌, 모두를 품은 이 땅은 남아프리카 공화국이다.

인도

마차 경주가 시작되었다.

집에서 막 데리고 나온 듯한 당나귀, 마차를 탄 선수는 맨발이다.

안장 같은 것도 필요하지 않다.

서서 가든 앉아서 가든 선수의 마음대로.

하지만 속도는 엄청나다.

보는 사람도 달리는 사람도 흥분하게 되는 경기.

당나귀도 덩달아 흥분했는지 취재진을 향해 돌진해온다.

이럴 땐 도망치는 게 상책이다.

브라질

하얀 것은 사막, 푸른 것은 호수
땅속에 바다가 들어 있는 듯한 풍경
비를 내려준 열대의 우기와
그 비를 머금은 사막이 만든 이 기특한 기적

내려다보면 바다 같고, 올려다보면 사막 같은데
고개를 돌려보면 지구의 그 어느 곳도 아닌 공간
새하얀 모래 언덕이 두 손을 모아 맑은 물을 담고
사람들은 그 위를 걸어 다니며 순간을 담아보지만
적막과 희망이 교차하는 묘한 공기 속에서 우린 작은 점이 될 뿐이다.

브라질

이 젊은 도시엔 추억할 과거가 없지만
사람들은 브라질 곳곳에서
저마다의 삶과 기억들을 가지고 브라질리아로 온다.
그렇게 각자 다른 옷을 입고 다른 길을 걸어온 인생들이
이 광장에서 만나
서로의 하루에 진심 어린 격려를 보낸다.

아르헨티나

메마른 흙빛과 영롱한 물빛이 조화를 이루고
눈앞을 가득 채운 푸르름에 나도 물들 것만 같은 곳
얼음 조각들이 만든 물길은
나를 자연의 가장 깊숙한 곳으로 데려갔다.

리투아니아

푸른 나무를 닮은 사람들이
오래된 숲을 지키며 살아온 곳
숲은 호수에 뜨고 호수엔 구름이 뜨는 트라카이의 오후

에스토니아

발트해가 그린 한 편의 동화책
페이지를 넘길 때마다 이어지는 파스텔 빛
파란 기차를 타고 노란 골목을 지나면
중세의 광장에서 마주치는 옛이야기

루마니아

발레아 호수는 진한 녹색 빛의 퍼거라슈산을 투명하게 비추는
가장 맑고 큰 거울이다.
멀리서 보면 산의 색을 그대로 물에 풀어놓은 듯 녹색만 보이지만
가까이서 보면 사람들이 선명하게 비춰질 만큼 투명한 호수
구름도 멈춘 고요함 속 꽃잎에 이는 바람에 귀를 기울여본다.

진짜로

퇴근합니다.